사라다
햄버튼의
겨울

사라다 햄버튼의 겨울

제15회 문학동네작가상 수상작

김유철 장편소설

문학동네

차례

1

사라다 햄버튼이 누구냐고 묻는다면 나는 '도둑고양이 혹은 길고양이입니다'라고 퉁명스럽게 말할 것이다. 그리고 덧붙이겠지. '사라다 햄버튼은 그냥 고양이가 아니라 장동건을 닮은 아주 잘생긴 고양입니다'라고.

언제부턴가 나는 녀석과 동거 아닌 동거를 하게 되었다. 당시의 심정을 말하자면 사라다 햄버튼이 강아지거나 토끼, 이구아나라도 상관없었다. 나에겐 빈 마음을 채워줄 뭔가가 필요했고, 그게 두 발로 걸어다니는 사람만 아니라면 뭐든 괜찮았으니까. 아니, 좀더 솔직해지자면 사람이 아니라 여자라고 해야겠다. 여자만 아니라면 뭐라도 상관이 없었다. 그해 가을, 난 일 년 반

동안 동거를 해오던 S에게 보기 좋게 차였다.

살다보면 떠올리고 싶지 않은 기억들이 있기 마련이다. 예를 들어 어린 시절, 수박을 먹고 자다가 이불에 실례를 했다든가 성적표의 등수를 조작하다가 어머니에게 혼이 났다든가 하는…… 그런 기억들 말이다. 그녀와의 기억도 마찬가지다. 그녀가 사라진 아파트는 무덤 같았고 사막 같았고 또 숨을 쉴 수 없을 만큼 뜨거운 한증막 같았다. 그곳에 홀로 남겨진 나는, 살기 위해서라도 술을 마셔야만 했다. 아니면 하루 종일 굶거나 중국집에서 탕수육과 자장면을 시켜놓고 폭식을 하거나 사흘 동안 물 근처에도 가지 않는 뭐 그런 짓거릴 해야만 했다. 굳이 씻지 않을 이유까지는 없었지만 아마 거울 속에 비친 내 모습을 보면서 연민 같은 걸 느끼고 싶었는지도 모르겠다. 어쨌든 나는 비극의 주인공이어야만 했으니까.

그렇게 일주일이 지나고 나서야 차츰 마음의 안정을 찾을 수 있었다. 한바탕 폭우가 지나간 자리는 쓸쓸하고 외롭고 허전했다. 싱크대에 산처럼 쌓여 있는 그릇과 냄새나는 음식쓰레기들, 빈 소주병과 맥주캔, 그녀가 미처 가져가지 못한 칫솔과 수건, 화장비누, 무엇보다 숯처럼 검게 타버린 내 가슴 한 조각이 쓸쓸히 남아 있었다.

사라다 햄버튼이 내 곁에 머물기 시작한 건 그즈음이었다. 신기하게도 녀석은 항상 오전 열시쯤 베란다를 통해 들어와 거실을 기웃거렸다. 나는 그녀가 집을 나가버린 다음날부터 병원으로 출근하지 않았다. 자포자기의 심정이라기보다는 일종의 권태로움—어디까지나 인간관계에서 오는 권태일 가능성이 많았다—때문이었는데, 어쨌든 난 숨쉬는 것 외에는 아무것도 하고 싶지가 않았다. 오전에 한 번, 오후에 한 번 병원에서 전화가 걸려왔지만 받지 않았다. 그리고 그 다음날에도 또 그 다음날에도 나는 방사선과 실장과 원무과 부장에게서 걸려오는 전화를 받지 않았고, 그렇게 한 달이 지난 어느 날 퇴직금을 입금했다는 문자메시지가 도착했다. 그것으로 나의 직장생활은 끝이 났다.

아리스토텔레스는 인간의 자아실현은 사회 속에서만 가능하다고 말했다. 그러니까, 인간이 소셜 애니멀인가, 라는 것이다. 물론 그 말에 동감하는 편이다. 인간이 인간을 떠나서 살 수 있는 방법은 없으니까. 아니, 남자가 여자를 떠나선 살 수 없다고 하는 게 더 정확한 표현인지도 모르겠다. 아무튼 나는 한동안 팽팽했던 고무줄의 한쪽 끝을 놓쳐버린 듯 맥 빠진 기분으로 살았다. 아침 일곱시에 일어나 치즈와 토마토를 넣어 만든 토스트로 배를 채우고 샤워를 하고 와이셔츠를 다리고 그녀에게 모닝커피와 함께 짧은 인사말을 건넨 뒤 지하철역으로 향하는 일상에서 나는 완전히 벗어나 있었다. 오전 아홉시가 넘도록 늦잠을 자고 〈24〉나 〈히어로즈〉 같은 미국 드라마를 오후 내내 보거나 폴 오스터와 이언 매큐언의 책을 읽었다. 해질 무렵이면 후드재 킷 같은 간단한 외출복을 걸치고 아파트 근처의 공원과 호수 주 변을 산책했고, 돌아오는 길에는 달리웨이에 들러 카프리 맥주 를 마셨다. 그곳에서 아르바이트를 하는, 전문대 졸업반이라는, 이니셜이 R인 여자아이와 제법 낯 뜨거운 농담을 주고받는 사이 가 되었고, 더이상 S를 떠올리면서 마스터베이션을 하지 않게 되었다.

지난 이 년 반 동안 나를 지배했던 생활에서 해방이 되자 마 음도 몸도 금세 길들어갔다. 병원을 그만둔 지 정확히 사십구 일째 되는 날부터 나는 더이상 시간에 쫓기지 않게 되었다. 이 유 없는 조바심이나 뒤처진다는 불안감도 차츰 무디어져서 물풍 선처럼 바닥에 가라앉아버렸다. 느긋함에 익숙해지면서, 서둘러 야 할 일이 그다지 많지 않다는 사실을 깨닫게 되었다. 사실 내 가 왜 보건대학에 들어갔는지, 무엇 때문에 하루 종일 사람들의 가슴 사진을 찍고, 항문에 고무호스를 쑤셔넣고, 머리가 아플 정 도로 화학약품 냄새가 지독한 암실에 들어가 필름을 현상하며 살았는지 모르겠다. 결국 나 역시, 인간은 재능이 하나 부족할 때보다 재능이 하나 더 많을 때 훨씬 더 불안정해진다는 니체의 말을 위안으로 삼는 어설픈 인간에 지나지 않았던 것이다.

'평균적인 삶이 평균적인 행복을 가져다주는 것도 아닌데 난

그것에 너무 집착해왔던 건 아닐까?'

그런 생각이 들자, 주변에 남아 있는 것들을 돌아보게 되었다. 어머니에게서 물려받은 스물네 평짜리 주공아파트와 백삼십만 원을 주고 산 삼성 노트북, 4행정 클래식 스쿠터, 삼천만원 정도 의 잔고가 남아 있는 통장과 LG 휴대폰, 그리고 마지막으로 사 라다 햄버튼이 있었다. 물론 그 외에 칠백 권 가까이 되는 책들 과 대학 동아리 선배들로부터 배운 덕에 제법 연주 흉내를 내게 된 베이스기타, 시계, 구두, 목걸이, 두 달 치 월급을 털어 구입 한 42인치 LCD 모니터 벽걸이 텔레비전, 반다이 게임기도 있었 지만. 순간 내 머릿속에는 불행하게도 '난 완전히 실패한 인생 이 아닐까?' 라는 절망감이 스멀거리기 시작했다. 부모님 덕에 경제적으로는 비교적 자유로웠지만, 사라다 햄버튼이라는 도둑 고양이 한 마리를 제외하면 내가 기댈 수 있고 마음속 이야기를 털어놓을 수 있는 '체온을 가진' 누군가가 없었다. 그럭저럭 무 난한 인간관계를 유지해왔다고 생각했지만 실은 초등학교 때부 터 대학까지, 그리고 사회생활을 하면서도 허물없이 지낸 친구 는 많지 않았다. 그나마 나를 차버린 S만이 초등학교 동창이면 서 나와 가장 친한 벗이었고, 애인이었다. 물론 그녀와 동거하는 동안은 인간관계 같은 사소한 감정에 신경쓸 여유가 없었다. 그 녀를 사랑하기에도 바빴으니까.

가족이 없다는 것, 혹은 가족과 떨어져 산다는 것, 형이나 누나, 동생, 사촌이 없다는 것에 지금까지 나는 불행하다고 생각한 적이 없었다. 열세 살 무렵부터 줄곧 이혼한 어머니와 단둘이 살아왔고—어머니에게는 가족이 없었다. 이북 출신인 외할아버지와 외할머니는 어머니가 대학을 졸업하던 해에 교통사고로 돌아가셨고, 지금껏 나를 친아들처럼 대해주는 아버지는 실은 나와는 피 한 방울 섞이지 않은 남남이었다—그런 생활에 만족했던 것 같다.

헤드플랜이라는 부동산 컨설팅회사에 다니던 어머니는 아침 일찍 출근해서 자정이 지나 들어오는 날이 많았다. 가끔 술에 취해 외박을 하거나 남자를 안방까지 끌어들이는 경우도 있었지만 재혼을 생각한 적은 없었던 것 같다. 토요일이나 일요일에도 외출하는 경우가 많았기 때문에 나는 늘 혼자 밥을 먹고 텔레비전을 보고 만화책을 읽고 숙제를 했다. 용돈은 언제나 부엌 식탁 위에 넉넉하게 놓여 있었고, 빨랫감이 쌓인 적도, 냉장고 속이 비는 일도 없었다. 나와 마주하는 시간이 부족했을 뿐, 어머니는 대체로 당신의 역할에 충실한 편이었다. 사춘기가 지나면서 나는 오히려 어머니의 그런 라이프스타일이 편안하게 느껴졌다.

사라다 햄버튼이 베란다로 찾아온 건 어쩌면 내가 처음 발견하기 훨씬 전부터였는지도 모른다. 잿빛 털에 검은 줄무늬 그리

12

고 흑갈색 눈동자를 보는 순간 제일 먼저 잘생겼다는 생각이 들었다. 농담이 아니라, 녀석은 정말 잘생긴 얼굴과 몸매를 가지고 있었다. 특히 거만해 보이는 눈빛과 날씬하게 뻗은 꼬리가 매력적이었다. 기껏해야 두 살 정도밖에 안 되어 보이는 도둑고양이였지만, 내가 녀석을 쫓아내지 않은 건 순전히 녀석의 생김새 때문이었다. 나중에야 녀석이 아메리칸쇼트헤어라는 걸 우연히 알게 되었는데, 아메리칸쇼트헤어는 특히 여자들에게 인기가 많은 종이었다. 러시아에 미인이 많듯이 아메리칸쇼트헤어는—주관적이긴 하지만—고양이계의 동슬라브 족 정도라고 해야 할까, 아무튼 자신의 심벌마크인 커다란 눈을 깜빡거리며 앞발을 툭 내딛는 동작이 얼마나 귀엽고 예쁜지 보지 않은 사람은 상상하기 힘들 정도다.

녀석의 이름을 사라다 햄버튼으로 짓게 된 이유를 설명하자면, 조금은 쑥스러운 구석이 있다. 녀석이 아파트 베란다를 어슬렁거리고 있을 때 나는 마침 설기현이 한때 공격수로 뛰었던 울버햄튼의 축구경기를 보고 있었다. 배가 고픈지 거실 안쪽을 기웃거리는 녀석에게 나는 별다른 생각 없이 먹다 남은 게맛살과 삶은 계란을 넣어 만든 샐러드를 한 스푼 떠주었는데, 녀석은 게걸스러워 보일 정도로 맛있게 먹어치웠다. 결국 내 몫의 샐러드까지 남김없이 해치운 녀석은 기분좋은 표정으로 갸르릉거리며 베란다 귀퉁이, 햇볕이 잘 드는 곳에 엎드려 잠을 청했다. 녀석의 천연덕스런 행동에 친근감이 들었던 나는 문득 고양이의 이름을 지어주어야겠다고 생각했고, 그때 떠오른 단어들이 바로 녀석이 먹어치운 샐러드와 LCD 화면 속에서 뛰고 있던 설기현의 울버햄튼이었다—샐러드보다는 사라다가, 햄튼보단 햄버튼이 발음하기가 더 편해서, 나는 녀석의 이름을 사라다 햄버튼이라고 붙였다.

'내가 그의 이름을 불러주기 전에는 그는 다만 하나의 몸짓에 지나지 않았다. 내가 그의 이름을 불러주었을 때 그는 나에게로 와서 꽃이 되었다'라는 김춘수의 시처럼, 녀석의 이름을 부르기 전에는 녀석은 단지 잘생긴 도둑고양이에 지나지 않았다. 내가 사라다 햄버튼이라는 이름을 지어주었을 때 비로소 녀석은 내 곁에 머물러 있는 유일한 가족이 되었다.

맘모그래피 앞에서 쑥스러운 표정으로 앉아 있던 어머니의 얼굴을 나는 아직도 잊지 못한다. 가끔 장난삼아 가슴으로 손을 가져가는 내게 어머니는 언제나 "그렇게 성의 없이 애무를 하면 여자친구가 널 싫어할 거다"라는 말로 오히려 나를 주눅들게 만들곤 했다. 하지만 그날 어머니는 첫날밤을 치르는 새색시처럼 다소곳이 앉아 유방촬영을 받았다. 유두에서 피고름이 섞인 분비물이 나올 때까지 자각증상을 느끼지 못한 이유를 나는 촬영

14

하는 내내 물었다. "왜 그렇게 자신에게 관심이 없었어요? 아무리 무던 사람이라도 일 년 전에는 병원에 갔을 거예요"라고 핀잔을 주기도 하고, 유방촬영기의 이미지 리셉터와 압박판 사이를 조율하면서 "조금 아플 거예요. 최대한 압박을 해서 촬영하는 게 좋으니까"라고 방사선기사로서 양해를 구하기도 했다. 그럴 때마다 어머니는 입술을 꼭 깨문 채 묵묵히 고개를 끄덕이기만 했다.

납으로 차폐된 좁은 유방촬영실 안에서 나는 어머니의 눈가에 잡힌 주름과 거칠어진 피부와 흰머리가 듬성듬성한 푸석한 머리카락을 바라보았다. 한때는 미인이었던 어머니의 갸름한 얼굴과 오뚝한 콧날, 쌍꺼풀진 커다란 눈과 긴 속눈썹도 세월의 무게를 이겨내지는 못했다. 그제야 나는 어머니의 초췌한 얼굴과 마주할 수 있었다. 검푸르게 변한 눈가를 매만지며 왜 이렇게까지 병색이 짙은 얼굴을 그동안 눈치채지 못했을까란 죄책감을 가질 수밖에 없었다. 라이트박스 앞에서 종양이 확실하다는 외과과장의 이야기를 들었을 때에도, 추천을 받고 찾아간 어느 종합병원에서 암세포가 폐와 뼈로 전이되었다는 사실을 통보받았을 때에도 마찬가지였다.

그날은 하루 종일 짙은 먹구름이 하늘을 뒤덮고 있었다. 간혹 돌풍이 불어와 창문을 두들겨댔다. 『폭풍의 언덕』의 배경이 되었던 요크셔 주의 황량한 들판이 떠오를 만큼 을씨년스러운 날

이었다. 하지만 삼 개월 선고를 받은 어머니는 오히려 담담해 보였다. 고통스러운 방사선 치료를 받지 않는 대신 평화롭게 죽을 수 있는 방법에 대해 농담처럼 묻기도 하면서. 그리고 어머니는 당신의 희망대로 최소한의 고통만을 느끼며 그럭저럭 편안하게 생의 마지막 밤을 보낼 수 있었다.

"그게 벌써 이 년 전 일이야. 어머니의 몸은 갈수록 줄어들더니 결국엔 호주머니 속에 들어갈 수 있을 만큼 작아졌지."

달리웨이는 조용했다. 물론 내가 오픈시간보다 조금 일찍 가게로 들어왔기 때문이다. 구레나룻이 보기 좋은 사십대 중반의 달리웨이 사장은 아직 청소가 마무리되지 않았는지 대걸레로 바닥을 닦고 있었다. 나는 스툴에 앉아 그에게 눈인사를 건네고 나서 다시 R을 바라보았다. 바를 사이에 두고 서 있는 그녀는 익숙한 동작으로 카프리를 내 앞에 올려놓고 김과 땅콩을 내밀었다.

"그래서 지금은 사라다 햄버튼이란 도둑고양일 룸메이트로 얻었군요."

나는 카프리의 뚜껑을 돌려서 딴 뒤 냅킨으로 병의 주둥이 부분을 닦으면서 어깨를 으쓱거렸다.

"하지만 더이상 도둑고양인 아냐. 내가 녀석의 이름을 지어주었으니까."

16

"그래도 대화를 나눌 수 있는 상댄 아니잖아요."

그녀는 피곤한 목소리로 덧붙였다.

"같이 잘 수도 없지."

R은 미간을 찡그리며 "남자들이란……" 하고 고개를 절레절레 흔들었다.

"하긴…… 고독이 결코 나쁜 것만은 아니에요. 할머니가 그러셨거든요. 인간은 나이가 들수록 고독하고 외로워진다고. 그래서 항상 죽음과 고독에 익숙해져야 한다구요."

나는 잠시 그녀의 말을 되짚어보고는 "꽤 근사하게 들리는데"라고 응답했다. 그리고 다시 카프리의 주둥이를 입으로 가져갔다.

"그 녀석 보고 싶지 않아?"

"누구요? 사라다 햄버튼?"

나는 대답 대신 고개를 끄덕였다. 그녀는 입술을 반쯤 내밀며 "그렇긴 하지만……" 하고 말한 뒤 조심스럽게 물어왔다.

"혹시…… 지금 제게 데이트 신청하는 거예요?"

나는 대답 대신 조금 전처럼 어깨를 으쓱이며 그녀에게 미소를 지어 보였다. 그때 바닥 청소를 하고 있던 달리웨이 사장이 대걸레의 손잡이를 거총하듯이 들어올리며 소리쳤다. "아아, 거기 좀 위험한데. R은 여기서 제일 인기 있는 녀석이라구. 괜히 수작걸 생각하지 말고…… 사라다 햄버튼인가 하는 도둑고양일 여기로 데려오는 건 어떨까? 녀석에게 특별히 달리웨이 특제 소시지를 선물하지."

"사라다 햄버튼은 도둑고양이가 아니라잖아요, 사장님!"

R이 달리웨이 사장에게 잘못된 답안을 지적하듯이 말했다. 나는 "사장님!"이라고 강한 어투로 내뱉는 그녀의 얼굴을 올려다보면서 그런 비슷한 말을 몇 개월 전에도 들었다는 사실을 떠올렸다. 고독과 죽음에 익숙해져야 한다는 말을, 인간은 누구나 고독하고 외로운 존재라는 이야기를.

2

그 이야기를 해준 사람이 S였다는 걸 왜 금방 떠올리지 못했을까?

그해 봄, 그러니까 그녀와 십이 년 만에 다시 마주쳤던, 벚꽃이 만개한 중국인 거리에서 나는 한동안 잊고 있었던 추억 하나를 어렴풋하게나마 떠올릴 수 있었다. 그것은 십이 년 만에 마주친 첫사랑 S 때문이기도 했지만 무엇보다 그녀가, 정말이지, 내가 상상했던 모습 그대로 변해 있었기 때문이었다. 그래서 나는 그녀를 금방 알아볼 수 있었고, 당황해하는 그녀와 달리 자연스럽게 그동안의 안부를 물을 수 있었다. 옅은 하늘색 투피스에 흰색 카디건을 걸친 그녀가 "아, K였구나" 하고 내 이름을 한 자도 틀리지 않고 또박또박 말해주었을 때, 나는 마치 하늘을 나는 것 같은 기분이 들기도 했다. 하지만 그후의 기억에 대해서는 솔직히 떠올리고 싶지 않다. 나는 아직도 그녀를 사랑하고 있고, 그녀와의 추억을 떠올린다는 건 나 자신에게 너무 잔인한 일이기 때문이다.

아버지가 아무런 예고 없이 아파트를 찾아온 건 그로부터 일주일이 지난 뒤였다. 10월 둘째 주의 어느 날이었을 것이다. 직장을 그만두면서부터 나는 확실히 요일에 대한 개념을 잊고 있을 때가 많았는데, 그날 역시 내겐 늘 같은 날 중의 하루였다. 나름의 생체리듬에 길들여진 나는 습관적으로 늦은 아침을 먹고 방청소와 설거지를 하고 사라다 햄버튼을 목욕시키고 헤어드라이어로 털을 말려주는 동안에도 그날이 무슨 요일인지를 전혀 의식하지 못하고 있었다. 녀석이 갸르릉거리며 기분좋아할 때까지 마른 수건으로 마사지를 하고 탈취제도 살짝 뿌려주었다. 그런 다음 운동복으로 갈아입고 아파트 주변의 산책로를 세 바퀴 돌고 들어와 샤워를 하고 인스턴트커피를 진하게 타 마시며 조간신문을 사회면부터 차근차근 읽어내려갈 때였다. 벨이 울렸다. 짧게 두 번, 길게 한 번…… 그 시간에 나를 찾아올 사람이 없다는 사실을 생각하며 인터폰의 수화기를 집어들었을 때, 놀랍게도 인터폰의 흑백 화면 속에 나타난 사람은, 캐나다로 이민을 간 아버지였다. 나는 부리나케 현관으로 나가 문을 열었고, 아버지는 나를 보자마자 커다란 여행가방부터 안겨주었다.

"폐인이 다 된 줄 알았더니…… 아직 살아 있었구나!"

아버지는 캐나다로 건너갈 때와 별반 다르지 않았다. 머리 스타일이나 입고 있는 옷은 오히려 그때보다 세련되고 젊어 보였다. 헬스를 하고 있는지 가슴과 팔은 더 단단해 보였고, 뱃살 역시 2인치는 더 빠진 것 같았다. 대화를 나누는 중간중간에 자연스럽게 영어를 섞어 쓰기도 했는데, 아버지의 그런 모습은 나에게는 매우 이질적으로 보였다.

"내가 사는 밴쿠버에선 말이지"로 시작하는 말투도 색달랐다. 아버지는 이제 삼분의 일쯤은 진짜 캐나다 사람이 되어버린 것 같았다. 내가 "어쩐 일이세요? 연락도 없이……"라고 묻자, 아버지는 짐짓 심각한 표정으로 한국에 들어올 수밖에 없었던 이유를 설명했다. 첫째는 하나뿐인 아들의 소식이 궁금해서 견딜 수가 없었다는 것이고, 둘째는 어머니의 산소를 한 번쯤은 찾아가는 게 도리라고 생각했기 때문이며, 마지막은 아버지의 스승인 데릭이 강원도에서 열리는 통나무축제에 초청되었기 때문이라고—데릭이 한국에 들어올 때마다 아버지가 통역을 담당

했었다 — 했다. 내가 첫번째와 세번째 이유의 우선순위가 바뀐 것 같다고 말하자, 아버지는 고개를 좌우로 흔들며 강하게 부정했다.

"그래서 한동안 이곳에 머물 생각이다."

짧고 간단한 결론이었다. 하지만 강원도는 제법 먼 거리였다. 내가 "강릉이나 춘천에 방을 얻는 게 더 좋지 않을까요?" 반문하자, 아버지는 "내가 사는 밴쿠버에선 말이지, 이 정도 거린 아무것도 아니라구", 대답하는 것이다.

"언제까지 계실 생각인데요?"

"데릭이 12월 초에 들어오기로 했으니까 그때까지겠지?"

벽에 붙어 있는 달력을 보며 아버지가 말했다. 나는 "예?" 하고 소리를 지르며 덧붙였다.

"그럼 한 달 동안이나요?"

아버지는 고개를 끄덕이며 대답했다.

"나타샤한테도 허락받았어. 그녀도 임신 구 개월째라 이모가 있는 캘리포니아로 떠났거든…… 의사가 그러는데 딸이래. 너에게 곧 예쁜 여동생이 생기는 거야."

그때 사라다 햄버튼이 다가와 아버지의 발 주위를 맴돌기 시작했다. 아버지는 기겁을 하며 소파 위로 뛰어올랐다. 그러고는 마른기침을 하면서 소리쳤다.

"오우, 쉿! 무슨 고양이야! 언제부터 맘모스캣을 키우고 있었던 거냐?"

동생이 생긴다는 건 어떤 기분일까?

물론 그런 생각을 해본 적은 거의 없다. 혼자 지내는 것에 익숙하기도 했고, 처음부터 핏줄 같은 단어에는 무관심한 편이었다. 사라다 햄버튼과 동거를 시작하면서, 뭐라고 정확하게 설명할 순 없지만 사랑과는 다른 어떤 사랑스러운 감정을 느끼게 되었는데, 이를테면 오 년 만에 한국으로 들어온 아버지와의 만남이 전혀 어색하거나 거북스럽게 느껴지지 않는 것과 비슷했다. 좀더 보충설명을 하자면, 헤어졌다가 언제든 다시 만나도 편안하게 대할 수 있고, 같은 공간에 살면서도 불편해하지 않는 그런 식의 감정 말이다. S에게선 결코 느낄 수 없었던, 아프지도 않고 구속할 필요도 없는 편안한 사랑 같은 것.

아버지와 오 년 만에 식탁 앞에 마주 앉아 먹는 점심은 너구리였다. 아버지는 너구리라면에 김치를 넣고 면이 쉽게 끊어질 때까지 푹 삶아 먹는 걸 좋아했다. 나는 특별히 마른 다시마와 멸치를 넣고 물을 끓였다. 김치는 대형마트가 아닌 재래시장에서 사먹었는데, 본의 아니게 냉장고 안에서 근 일 년을 묵힌 덕분에 찌개용으로 가장 이상적인 산도를 나타냈다. 맞은편에 앉아 첫 면발을 입으로 가져간 아버지가 "굿!" 하고 엄지손가락을 치켜세웠을 때 나는 문득 어머니의 말이 생각나 조금은 어색해졌다. 아버지의 찡긋거리는 표정이 나와 전혀 닮지 않았다는 걸 새삼 확인했던 것이다.

그러고 보면 아버지와는 언제나 무덤덤했던 것 같다. 두 사람이 이혼을 했을 때에도 나는 오히려 내게 더 무관심한 듯한 어머니와 살기를 원했고, 아버지도 굳이 나의 그런 의사를 무시하지 않았다. 아버지가 재혼을 해서 캐나다로 이민을 떠날 때 배신감을 느끼거나 서운하게 생각하지 않은 이유도 아마 그 때문일 것이다. 아버지의 두번째 아내가 금발에 파란 눈을 가진 백인인 것이 좀 신기했던 정도가 전부였다. 물론 이혼하기 전에도 아버지는 직업상 집에 붙어 있는 날이 많지 않았다. 데릭에게 엔진톱으로 통나무집 만드는 기술을 전수받을 동안은 캐나다에서 살았고, 통나무학교 강사로 일할 때에는 강원도에서 지냈다. 그리고 공사가 있을 때마다 전국을 떠돌아다녔기 때문에, 이렇게 마주 앉아 식사를 하는 경우는 드문 편이었다. 어머니와 아버지가 그래서 천생연분이라고 생각한 적도 있었는데, 두 사람의 그런 자유분방한 성격 때문이었던 것 같다.

"그래서, 앞으로의 플랜은 뭐냐?"

라면 국물까지 모두 비우고 나서 아버지가 물었다. 나는 머그컵에 물을 따라 아버지에게 건네며 대답했다.

"아직 계획 같은 건 세우지 않았어요."

"계획도 없이 직장을 때려치우고…… 룸펜으로만 지내고 있단 말이냐?"

물을 마시다 말고 아버지가 심각한 표정을 지었다. 나는 고개를 좌우로 흔들면서 "그렇다고 의미 없는 시간을 보내고 있는 건 아니에요"라고 다시 대답했다. 물론 아버지의 지적대로 계획 같은 걸 세워두고 병원을 그만둔 건 아니었다. S와의 이별이 아무렇지 않았던 건 아니지만, 내가 병원을 그만두고 백수생활을 시작한 건 실연의 상처 때문이 아니라 일종의 충동 때문이었다. 일탈행위와는 다른, 모처럼 자유로운 시간을 갖고 싶다는 열망.

"그럼, 뭐냐?"

"한마디로 설명할 순 없어요. 어쩌다보니 그냥 그렇게 되어버린 거니까."

"그런 거라면 나와 같이 캐나다에 가는 것도 한번쯤은 생각해볼 수 있겠구나."

"캐나다에요?"

"어차피 여기엔 이제 아무도 없잖아. 미련을 가질 만한 관계도 없을 거구."

"사라다 햄버튼이 있어요."

나는 퉁명스럽게 말했다. 아버지는 "사라다 햄버튼?" 하고 물으며, 베란다에 감금시킨 녀석을 손가락으로 가리켰다. 사라다 햄버튼은 베란다 귀퉁이에 비스듬히 엎드린 채 반쯤 감은 눈으로 식탁 쪽을 바라보고 있었다.

"저기, 저 자이언트처럼 무식하게 생긴 녀석 말이냐?"

나는 말없이 고개를 끄덕였다. 몇 달 사이에 녀석은 무려 삼 킬로그램이나 살이 찌고 몸 길이도 오 센티미터 이상 자라 있었 다. 아버지의 표현대로 거대 고양이로 변해버린 것이다. 아버지 는 잠시 사라다 햄버튼을 바라보더니 "네가 걸프렌드 때문이라 고 말했다면 훨씬 더 납득하기 쉬웠을 거다"라고 담담하게 덧붙 였다.

3

아버지에 대해 알고 있는 것들을 정리해 나열하라고 하면 난 아마 열 줄도 못 채울 것 같다. 어머니에 대해서 역시 스무 줄을 채우기 어려웠을 것이다. 좋아하는 음식과 음악, 영화, 징그러워 하는 동물이나 듣기 싫어하는 단어나 문장 혹은 가장 소중하게 생각하는 물건 같은 것들 말이다. 가까운 관계일수록 무관심해 지는 경향이 있다고는 하지만, S에 대해서라면 백 줄이라도 채 울 수 있는 것처럼 아버지와 어머니에게도 그만큼의 관심을 가 졌더라면, 아버지에게 고양이 알레르기가 있다는 사실을 미리 알았을 것이고 어머니의 몸에 생긴 암세포가 폐와 뼈로 전이되 기 훨씬 전에 유방암 검사를 받을 수 있게 조치할 수 있었을 것이다.

  어쨌든 사라다 햄버튼은 아버지가 머무는 동안에는 베란다 신세를 질 수밖에 없었다. 나는 녀석을 위해 미니 전기난로를 구입하고 쿠션 좋은 고양이집도 샀다. 그날 정오엔 사라다 햄버튼이 비만 고양이가 되어간다는 핑계로 고양이카페에서 R과 데이트를 즐겼다. 그녀는 재키 오 선글라스에, 내가 입은 점퍼와 비슷한 색상의 후드재킷에 청바지를 받쳐입고, 커다란 숄더백을 걸치고 나타났다. 달리웨이에서의 근무시간이 오후 다섯시부터 새벽 두시까지이기 때문에 그녀와의 데이트는 항상 점심시간을 이용할 수밖에 없었다. 고양이카페 역시 그녀가 가르쳐준 곳이었는데, 그곳에서 나는 고양이에 대한 유용한 정보들을 얻을 수 있었다. 중성화수술 역시 그곳에서 들은 정보였다. 어젯밤 고양이카페의 주인이 가르쳐준 대로 확인해본 결과, 사라다 햄버튼은 이미 중성화수술을 받은 게 확실했다. 내가 그 이야기를 R에게 해주자, 그녀는 "그러니까 그건 사라다 햄버튼이 누군가의 손에서 매우 소중하게 키워졌단 소리잖아요" 하고 쉽게 단정을 내렸다.

  "그런데도 녀석은 왜 내 아파트 베란다로 찾아들곤 했을까?"

  R은 어깨를 으쓱하며 "글쎄요"라고 대답했다. 나는 머그컵에 담긴 커피 한 모금을 마시고 나서 S를 떠올렸다. 그러고 보니, 그녀가 날 떠난 이유에 대해서 한 번도 생각해본 적이 없었다.

인간은 누구나 외롭고 고독하다는 말밖엔 기억에 남아 있지 않
으니까.

"무슨 생각을 하고 있어요?"

R이 사라다 햄버튼의 턱을 쓰다듬으며 물었다.

"사라다 햄버튼의 전 주인은 어떤 사람이었을까, 갑자기 궁금
해져서 말야."

"어떤 사람 같아요?"

"글쎄, 조금은 이기적인 사람이 아니었을까? 중성화수술도 사
라다 햄버튼을 위한 건 아니잖아."

"좀더 오랫동안 사라다 햄버튼과 지내고 싶었는지도 모르잖
아요."

"하지만 녀석은 그곳을 뛰쳐나왔어."

"뭔가 문제가 있었는지도 모르죠."

"지금의 녀석에겐 비만보다 더 심각한 문제는 없다구."

R은 고개를 끄덕이면서 미소를 지었다.

고양이카페를 나온 나와 R은 잠시 아파트 주변 산책로를 걷기
로 했다. 늦가을답지 않은 포근한 날씨에 하늘은 푸르고 높았다.
노랗게 물든 은행나무의 잎이 바람에 파르르 떨리고 있었다. 사
라다 햄버튼이 들어가 있는 이동가방을 왼손에서 오른손으로 바
꿔 들었다. 카페 주인의 충고대로 녀석의 살을 빼야 할 것 같았
다. 고양이카페 주인은 이 상태로 계속 방치한다면 녀석의 수명

이 최소한 오 년은 단축될 거라는 조언도 빠뜨리지 않았다.

"그러고 보니까 사라다 햄버튼의 전 주인도 많이 외로웠을 것 같아. 나처럼 녀석을 가족 이상으로 생각했을 테니까."

산책로를 따라 걸으며 내가 말했다. R은 공감한다는 듯 고개를 끄덕였다.

"녀석이 가출하고 나서 얼마나 마음이 아팠을까?"

"여기저기 전단지도 뿌리고, 고양이카페나 인터넷 동호회 같은 데 사진도 올렸겠죠."

"지금도 있을까?"

나보다 두 걸음 정도 앞서 가던 R이 걸음을 멈추고 뒤돌아섰다. 그녀는 얼굴의 반을 가린 재키 오 선글라스를 눈 아래로 내린 뒤 나를 멍한 시선으로 바라보았다.

"전 주인을 찾고 싶은 거예요?"

그녀의 질문에 나는 엉거주춤한 자세로 서서 "글쎄"라고 혼잣말처럼 내뱉었다. 사라다 햄버튼이 갑자기 이동가방 밖으로 발을 내밀며 "야옹", 소리를 질러댔다.

어머니가 수목장(樹木葬)을 선택한 건 결코 우연이 아니다. 이혼 전 아버지 역시 꼭 수목장을 하겠다고 늘 말하고 다녔으니까. 아버지가 캐나다에서 가지고 온 GM의 하얀색 픽업트럭은 힘이 좋았다. '물먹는 하마'라는 말이 생각날 만큼 휘발유를 먹어대긴 했지만. 고속도로를 벗어나면서 룸미러에 매달린 나타샤의 사진이 흔들렸다. 국도 1차선을 타고 한 시간 가까이 산 쪽으로 더 들어가자 공원 입구가 나타났다. 팔십 평 남짓한 공용주차장은 텅 비어 있었고, 관리사무실 옆에 SUV 한 대만 덩그러니 놓여 있었다. 관리사무실 안에는 자신을 '숲속의 모파상'이라고 소개했던 남자가 석유난로 앞에서 커피를 마시며 텔레비전을 보고 있었다. 삼 년 전 어머니의 장례를 치르러 왔을 때에도 매우 친절하게 대해주었던 기억이 났다. 그러고 보니 오래전부터 아버지 어머니와 아는 사이였다고 얼핏 말했던 것 같기도 했다.

남자의 머리는 여전히 민둥산이었지만 턱수염과 구레나룻은 많이 자라 있었다. 남자는 현관으로 들어서는 아버지를 향해 "여어!" 하고 손을 흔들어 보였다. 마치 엊그제 만나고 다시 본 친구들처럼 안부를 묻는 두 사람을 나는 멍하니 바라보았다.

"어때, 캐나다 생활은?"

"다를 게 없어. 페이는 여기보다 좀 낫긴 하지."

두 사람은 다시 웃음을 터뜨렸다.

"데릭 선생은 잘 계신가?"

"넥스트 먼스…… 한국에 올 예정이니까."

"아, 통나무축제? 거기 통나무학교 교장이 힘 좀 썼다고 들었어."

"덕분에 나도 겸사겸사 들어온 거야."

남자는 "커피?" 하고 묻고는 사무실에 딸린 간이부엌으로 들어가 머그컵 두 개를 들고 나왔다. 석유난로 위에 올려놓은 양은주전자를 조심스럽게 들어 뜨거운 물을 붓고 인스턴트커피를 탔다. 고소한 커피향이 사무실 안에 퍼지기 시작했다.

"옆에 있는 친구도 잘 있었나?"

남자가 나에게 윙크를 하며 물었다. 나는 대답 대신 고개를 끄덕이며 미소를 지었고, 아버지가 옆에서 한마디 거들었다. "음, 많이 컸지? 그때에 비하면." 남자가 머그컵을 내 쪽으로 건네며 말한다. "아주 많이."

"두 분은 언제부터 아는 사이였어요?"

내가 묻자, 남자는 고개를 끄덕이며 "자네가 태어나기 전부터"라고 짧게 대답한 뒤 아버지를 향해 말을 이었다.

"삼 년 전 제수씨 장례를 치르면서 참 가슴이 아팠어. 그때 저 친구와도 잠깐 인사를 나눴지…… 그제야 자네가 캐나다로 떠났다는 걸 알았어. 하긴 데릭 선생도 늘 애제자를 데려가고 싶어했었으니까."

아버지와 남자의 인연은 내 나이만큼 거슬러올라가야 한다고 했다. 아버지는 젊었을 때부터 엔진톱 하나만 있으면 뭐든 만들 수 있는 솜씨 좋은 목수로 소문이 나 있었다. 당시 산림청 공무원이었던 모파상은 가족 단위의 방문객들을 위해 휴양림 내에

놀이터를 만들 계획을 세웠고, 그 일에 가장 적합한 인물로 지금의 통나무학교 교장으로부터 아버지를 추천받았다고 했다.

"휴양림에서 일을 하는 동안 정이 들어버렸지 뭐야…… 나역시 고향인 원주를 떠나 강원도 골짜기에 파묻혀 살 때였으니까 아무래도 사람이 그리웠던 모양이야. 그래선지 우린 아주 짧은 시간에 친구처럼 가까워질 수 있었지."

모파상의 말에 아버지는 킥킥거리며 웃었다.

"네 어머니를 만난 것도 청태산 휴양림에서였어."

모파상이 다시 덧붙였다. 호기심이 생긴 나는 머그컵을 입으로 가져가다 말고 남자의 얼굴을 바라보았다. 시력 보호를 위해 짙게 코팅이 된 선글라스를 쓰고 있던 모파상은 왠지 별난 구석이 많아 보였다. 두툼한 입술이라든가 여드름 흉터가 남아 있는 주먹코라든가 번들거리는 대머리, 그리고 익살스러운 표정까지도.

"처음 듣는 이야기예요."

"물론 그렇겠지."

모파상이 아버지 쪽을 곁눈질하며 응답했다. 그러나 그뿐이었다. 모파상은 어머니가 묻힌 리기다소나무가 자라고 있는 구역을 컴퓨터 화면을 보며 알려주었고, 그 나무를 쉽게 찾을 수 있도록 핸디 GPS를 건네주었을 뿐이다. 아버지와 어머니가 어떻게 만나 연애를 하고 결혼까지 하게 되었는지 궁금해지기 시작했다. 그러고 보니, 두 사람의 연애담을 들은 적이 그때까지 단한 번도 없었다.

　관리사무소에서 나오자마자 나는 아버지에게 어머니에 대해
물었다. 잣나무와 소나무가 뒤섞여 자라고 있는 공원 입구는 정
오 무렵임에도 불구하고 안개가 끼어 있었다. 아버지는 잣나무
사이를 옮겨다니는 청설모를 가리키면서 입을 열었다.

　"저 녀석들은 잡식성이야. 잣을 좋아하긴 하지만 가끔씩 다람
쥐를 잡아먹기도 하거든."

　"아, 그러고 보니까 생긴 것도 좀 징그러워요."

　"청태산 휴양림에 있을 때도 그랬어."

　뜬금없는 아버지의 말에 나는 "네?" 하고 되물었다. 십 분 정
도 산을 오르자 길은 두 갈래로 나뉘었다. 나무로 촘촘히 계단
을 만들어놓은 오르막길과, 누렇게 삭아버린 잣나무와 소나무
잎이 깔려 있는 평평한 우회로였다. 나는 계단 입구에 세워진
표지판을 바라보면서 오르막길을 손으로 가리켰다.

　"뭐가요?"

　계단을 오르면서 내가 다시 물었다. 아버진 헉헉대는 나와는
달리 경쾌한 걸음으로 계단을 오르고 있었다.

　"네 엄마."

　"엄마요?"

　아버지는 고개를 끄덕이면서 말을 이었다.

"청태산 휴양림도 여기처럼 조용했던 것 같아. 주말엔 사람들로 붐비기도 했지만 찾는 사람이 별로 없는 주중엔 뭐랄까, 매우 쓸쓸하고 황량한 느낌이 들었다고나 할까…… 게다가 강원도에 있는 다른 유명한 산들과는 달리 청태산은 정말 별다른 특징이 없는 산이었거든. 아름다운 능선도, 깨끗한 물이 흐르는 계곡도 없었지. 높은 편도 아니어서 정상에 올라도 장엄한 풍경이랄까, 뭐 그런 걸 기대할 수도 없었고."

"그래서 관리소장이 뭔가 색다른 시설물을 만들고 싶어했군요."

"으흠."

"얼마 동안 계셨는데요?"

"대략 칠 개월 정도 지냈던 것 같아."

공원은 처음부터 인공림으로 이뤄진 산이었다. 꾸준한 간벌작업으로 공원 내의 소나무와 잣나무는 모두 훌륭하게 자라 있었다. 가지치기를 게을리하지 않은 덕분에 지금 당장이라도 목재로 사용할 수 있을 만큼 곧고 키도 컸다.

"네 엄마를 만난 건 그쪽 일이 거의 마무리되어갈 무렵이었어. 그러니까 조금은 빈둥거리며 지낼 때였지. 관리소장이 관사로 이용하는 숲속의 통나무집 하나를 내가 쓸 수 있도록 배려해준 덕분에 꽤 호사스런 시간을 보냈던 것도 같아."

"그때의 엄만 어땠어요? 제가 알던 엄마와 달랐나요?"

마지막 계단을 오르며 아버지는 나의 얼굴을 물끄러미 바라보았다. 아버지의 이마에는 어느새 땀방울이 맺혀 있었다.

"어트랙티브 레이디였어."

"첫눈에 반할 만큼요?"

아버지는 대답 대신 나의 머리를 툭 쳤다.

"넌 그때의 네 엄마랑 많이 닮았어."

어머니가 묻혀 있는 리기다소나무는 내가 마지막으로 들렀던 올해 봄보다 더 높이 자라난 느낌이었다. 소나무 밑동에는 금색 도금이 된 자그마한 표찰이 매달려 있었다. 거기에는 어머니가 묻힌 연도와 날짜, 그리고 이름이 새겨져 있었다. 아버지가 잠시 리기다소나무를 아래위로 훑어보며 길게 한숨을 내쉬는 사이, 나는 배낭에서 보온병을 꺼내 뚜껑을 열었다. 스타벅스의 에티오피아 시다모를 갈아 내린 원두커피의 상큼한 향이 숲속으로 퍼져나갔다. 생전에 어머니가 즐겨 마시던 커피였다. 나는 보온병 뚜껑에 조심스럽게 커피를 따라 조금씩 나무 주위에 뿌렸다. 멀거니 서서 그 모습을 바라보던 아버지가 "아! 이제야 생각났어!" 하고는 호주머니를 뒤져 말보로 라이트를 꺼내들었다. 담뱃갑에서 한 개비를 꺼내 불을 붙인 뒤 어머니가 묻힌 땅속에 필터를 꽂아놓았다.

"네 어머닌 결혼하기 전부터 커피와 담밸 좋아했거든."

나는 고개를 좌우로 흔들면서 아버지에게 대꾸했다.

"하지만 아버지와 이혼한 뒤론 담밸 끊으셨어요. 대신 요가를 배우고 주말엔 남자를 침대로 끌어들이는 날이 많았죠."

아버지는 미간을 찡그리면서 응답했다.

"그런 이야길 지금 꼭 할 필욘 없잖아. 난 언제나 네 엄말 사랑했어. 이혼도 순전히 네 엄마가 원해서였으니까."

"왜요?"

아버지는 어깨를 으쓱이면서 "글쎄"라고 얼버무렸다.

만약 내게 S가 왜 떠나갔냐고 묻는다면 나 역시 아버지와 다르지 않았을 것이다.

"글쎄!"

그리고 뒤이어 이런 생각을 하겠지.

'왜 날 떠나갔을까?'

어머니가 청태산 자연휴양림을 찾아온 건 어느 가을의 오후 무렵이었다고 했다. 해발 칠백 미터에 위치한 휴양림은 오후 네 시만 넘으면 어스름이 찾아왔다. 택시를 타고 휴양림 입구에 내린 어머니는 관리사무소 앞에 서서 예약을 확인하고 당신이 묵을 통나무집의 위치를 아르바이트 직원으로부터 들었다. 그리고 부드러운 목소리로 "이곳 매점을 이용할 수 있을까요?"라고 물었다고 했다. 마침 관리사무소에 딸린 휴게실에서 모파상과 함께 텔레비전을 보고 있던 아버지는 창밖으로 보이는 어머니의 모습을 곁눈질하면서 "오호! 괜찮은데!" 하고 입맛을 다셨다.

"그때 네 엄만 뭐랄까, 매우 신비한 느낌이 들었던 것 같아. 난 모파상이 가지고 있던 키를 억지로 빼앗아서는 관리사무소 밖으로 뛰쳐나갔지. 그러곤 네 엄마에게 싹싹하게 말했단다. 마침 저도 매점에 올라가는 길인데…… 제가 안내하죠."

"그게 엄마와의 첫 대면이었군요."

나는 소나무를 끌어안고 나무기둥에 얼굴을 살며시 비벼댔다. 산들바람이 불면서 나뭇가지들이 가만히 흔들렸다. 마치 어머니가 날 반겨주기라도 하는 것처럼.

"거기서 곧장 네 엄마와 무슨 썸씽이 있었던 건 아니다. 우린 숲속으로 난 오솔길을 함께 걸었고, 그때 네 엄마도 청설모를 보면서 너랑 똑같은 말을 했었지. 그리고 떠나기 전에 내게 하얀 드레스를 한 벌 주었어. 제가 부주의해서 여기저기 얼룩이 생겨버렸어요. 이것도 황토염색을 할 수 있을까요? 그렇게 물어보면서."

"황토염색요?"

내가 뒤돌아서서 질문을 던졌다. 아버지는 고개를 끄덕이면서 말을 이었다.

"가끔 시간이 날 땐 휴양림을 찾아오는 사람들을 위해 목공예

나 황토염색을 체험하게 해주기도 했거든."

"그래서요? 엄마의 드레스를 염색하셨어요?"

아버지는 대답 대신 고개를 좌우로 흔들었다.

"황토염색을 하기에는 적합하지 않은 드레스였어. 그리고 너희 엄만 다음날 아침 아무 말도 없이 휴양림을 떠나버렸지. 나중에 알았지만 휴양림을 나서자마자 곧장 미국으로 갔다고 하더라고…… 네 엄말 다시 만난 건 구 개월 정도가 지난 뒤였지. 새로 산 드레스를 가지고 난 깔끔한 정장 차림으로 약속장소에 나갔단다."

"결혼식 때 어머니가 입었던 그 흰색 드레스 말이군요."

아버지는 고개를 끄덕이며 미소를 지었다. 나는 소나무의 거친 표면을 만지작거리다 말고 다시 아버지에게 질문을 던졌다.

"그런데 그 이윤 알고 계세요? 왜 어머니가 아버지에게 얼룩이 묻은 흰색 드레스를 맡겼는지? 그리고 왜 아버지에게 염색을 부탁했는지."

"낫싱…… 실은 알고 싶지 않았단다."

나는 잠시 아버지의 옆얼굴을 바라보았다. 아버지는 소나무 앞에 무릎을 꿇고 앉아 멀리 자작나무숲을 멍하니 응시하고 있었다. 그때 다시 바람이 불어왔다. 십 미터 이상 자란 소나무와 잣나무 들이 저마다 가지를 흔들어대면서 소리를 냈다. 서울과는 달리 차갑고 매서운 바람이었다. 아버지는 점퍼의 지퍼를 목까지 올리면서 혼잣말처럼 내뱉었다.

"여긴 완전히 겨울이구나. 캐나다의 매서운 바람과는 비교도
안 되지만 말이야."

4

공원묘지에 다녀온 뒤로 왠지 아버지에게 더 친근감이 들었
다. 어머니가 돌아가시기 전에 들려주었던 비밀스러운 이야기가
어쩌면 '얼룩진 흰색 드레스'와 관련이 있을 거란 생각 때문인
지도 몰랐다.

그런 내 마음을 아는지 모르는지, 아버지는 여행가방만 아파
트로 가져다놓았을 뿐, 어머니와 이혼하기 전처럼 늘 밖으로만
나돌았다. 가끔 휴대폰으로 전화가 걸려오기도 했는데, 그럴 때
마다 발신지가 달랐다. 어떤 때에는 부산이었다가 대구, 마산,
그러다 갑자기 강릉이나 전주에서 전화가 걸려오기도 했다. 나
로서는 불만을 가질 이유가 없었다. 혼자 있는 것에 익숙해져
있던 내게는 오히려 아버지의 그런 라이프스타일이 편하기도
했다.

사라다 햄버튼 역시 비슷했을 것이다. 녀석도 아버지가 나가
있는 동안은 베란다에서 해방되어 집 안 이곳저곳을 마음껏 돌

아다닐 수 있었으니까. 아버지와의 갑작스런 동거를 걱정했던
내가 한숨 돌릴 수 있었던 건 물론이다. 여전히 나는 요일에 관
계없이 생체리듬에 따라 늦잠을 자고 아침과 점심 사이에 식사
를 하고 책을 읽고 영화를 봤다. 굳이 달라진 걸 꼽으라면 산책
을 하거나 운동을 하러 나갈 때 사라다 햄버튼과 함께인 경우가
많아졌다는 정도였다. 녀석의 식사량도 조절하면서, 가능한 한
참치캔이나 수제 어묵 대신 고양이 전용 사료만 먹였다. 녀석이
좋아하는 샐러드 역시 여의사의 충고대로 먹이지 않았다. 인터
넷 쇼핑몰에서 낚싯대나 깃털, 공 같은 고양이용 장난감을 구입
해 움직이기 싫어하는 녀석의 습성도 고치려고 노력했다. 사라
다 햄버튼에게 고도비만 진단을 내린 근처 동물병원의 젊은 여
의사는 정기적으로 녀석의 건강상태를 체크해보는 게 좋을 것
같다고 했다. 여의사의 말을 따르기로 하자, 이상한 책임감 같은
것이 생겼다. 녀석의 건강상태가 썩 좋지 않다는 말을 들었을
때의 죄책감이란, 어머니가 유방암 진단을 받았을 때를 제외하
곤 이제껏 느껴보지 못했던 감정이었다. 녀석은 어느새 내게 소
중한 가족이 되어 있었다. 녀석을 가슴에 품고 동물병원을 나오
면서, 나는 어머니를 떠올리지 않을 수 없었다. 삼 개월 선고를
받던 그날, 요크셔 주의 황량한 들판을 생각나게 하던 그 습하
고 어두운 종합병원의 복도를 나란히 걸으면서 담담하게 죽음에
대한 이야기를 건네던 어머니의 쓸쓸한 미소라든가 달관한 듯한

눈빛을 나는 아직도 잊을 수가 없는 것이다.

　R과는 그후로도 꾸준히 연락을 하고 지냈다. 달리웨이에도 가
끔 들러 주인아저씨의 매서운 눈초리를 피해가면서 수다를 떨거
나 다음에 만날 약속장소에 대해 얘기했다. R은 마지막 기말시
험 준비에 무리를 했는지 얼굴에 여드름이 나기 시작했고, 졸업
후 진로에 대한 고민 때문에 얼굴 역시 야위어갔다. 달리웨이의
사장은 그것이 모두 나 때문이라고 오해하고 있었지만, 그녀의
모습은 우리 시대 젊은이들의 자화상일 것이었다. R은 그런 내
생각에 동의하진 않았지만, 어쨌거나 나를 만날 때만큼은 그런
걱정에서 잠시 벗어날 수 있어 좋다고 했다. 내가 이유가 무엇
이냐 물었을 때 그녀는 담담하게 대답했다.
　"오빠 보고 있으면 정말 세상살이의 근심 같은 건 하나도 없
는 사람처럼 보이니까요."
　내가 고개를 좌우로 흔들어대며 "꼭 그렇진 않아. 그냥 그런
척하는 거지. 나라고 별수 있겠어", 부정을 하면 R은 그렇지 않
다고 말했다. 나와 가까워질수록, 이야기를 나눌수록 그런 생각
에 더욱더 확신이 생긴다는 것이었다.
　"기억나요? 아버지와 새엄마에 대해 말해주었을 때 말예요."
　나는 고개를 끄덕였다.
　"물론, 기억하고 있어."

"새엄마의 이름이 나타샤라고 했잖아요. 그리고 아버지가 나타샤의 마음을 사로잡을 수 있었던 건 순전히 백석의 시 때문이었다고 했구요."

"「나와 나타샤와 흰 당나귀」였어."

"그래요."

R은 손가락을 치켜세우며 맞장구를 쳤다. 그리고 백석의 시를 천천히 암송하기 시작했다.

가난한 내가
아름다운 나타샤를 사랑해서
오늘밤은 푹푹 눈이 나린다

나타샤를 사랑은 하고
눈은 푹푹 날리고
나는 혼자 쓸쓸히 앉어 소주를 마신다
소주를 마시며 생각한다
나타샤와 나는
눈이 푹푹 쌓이는 밤 흰 당나귀 타고
산골로 가자 출출이 우는 깊은 산골로 가 마가리에 살자

눈은 푹푹 나리고

나는 나타샤를 생각하고
나타샤가 아니 올 리 없다
언제 벌써 내 속에 고조곤히 와 이야기한다
산골로 가는 것은 세상한테 지는 것이 아니다
세상 같은 건 더러워버리는 것이다

눈은 푹푹 나리고
아름다운 나타샤는 나를 사랑하고
어데서 흰 당나귀도 오늘밤이 좋아서 응앙응앙 울을 것이다.

"그리고 아버진 백석의 시처럼 정말 나타샤와 자신의 흰색 픽업트럭을 타고 캐나다의 산속으로 들어가버렸지."

내 말에 R은 미소를 지으며 맞장구쳤다.

"저도 비슷한 상상을 하곤 했어요. 현실이 힘들거나 막막할 때마다요. 나도 흰 당나귀를 타고 산골로 가는 꿈을 꾸었거든요. 하지만 그건 결코 세상에 지는 것이 아니라고 스스로를 다독이면서요."

"그래서 그 시를 외우고 있었던 거야?"

"덕분에 백석의 많은 시를 좋아하게 되었죠."

R의 커다란 눈동자를 들여다보고 있으려니, 그녀의 가슴속에 있는 슬픔 같은 것이 느껴졌다. R에게 세상은 한낱 더러워버려

야만 되는 것인지도 모른다. 그녀는 학교 수업이 끝나자마자 곧장 달리웨이로 출근해 새벽 두시까지 일을 하고도 또 아침이 올 때까지 기말고사와 일본어능력시험을 준비해야 하는 것이다. 그런 상황 속에서도 미래는 항상 불안하고 위태롭기만 하다. 그것은 R뿐만 아니라 나도, 나를 떠난 S도 결코 피해갈 수 없는 우리 시대의 운명이었다. 갑자기 침울해진 나는 그녀의 뺨으로 손을 가져갔다. R은 평소와 달리 주먹으로 내 옆구리를 치거나 '규칙 위반이에요!' 라고 화를 내지 않았다. 우리는 자연스럽게 키스를 했고, 곧 서로의 얼굴을 마주 보며 어색하게 웃었다.

"월요일이에요."

"뭐가?"

"일주일 중에서 제가 유일하게 쉴 수 있는 날."

"드디어 종일 데이트 신청을 받아들일 생각이군."

R은 고개를 끄덕이며 입을 열었다.

"사라다 햄버튼을 보고 싶어요."

"어디서? 우리 집에서?"

R이 다시 고개를 끄덕였다.

"뭐, 나야 상관없지만……"

나는 잠시 그녀의 얼굴을 바라보다가 그렇게 얼버무렸다. 평소처럼 '예쁜 속옷을 입고 오는 게 어떨까' 라든가, '그야 환영할 일이지!' 라는 식의 농담을 할 기분은 들지 않았다. R의 얼굴에서 그동안 보지 못했던 진지함이 느껴졌다.

　그날 저녁 아파트로 돌아온 나는 습관처럼 노트북 앞에 앉아 메일을 확인하고 연예뉴스와 스포츠경기 결과 따위를 클릭해 봤다. 그리고 책상 책꽂이 위에 엎드려 있는 사라다 햄버튼을 어루만지며 R과 나눈 이야기들을 떠올렸다. 사라다 햄버튼의 전 주인을 찾아보고 싶다는 건, 단순히 충동적인 내 성격 때문만은 아니었다. 녀석은 가장 힘든 시기에 불현듯 나타나 내가 결코 혼자가 아니라는 사실을 일깨워주었고, 사라다 햄버튼이라는 이름을 붙여주면서부터 녀석은 한국에 남아 있는 유일한 나의 가족이 되었다. 녀석에게 뭔가 보답하고 싶다는 마음이 들었다. 나는 R의 말대로 네이버나 다음, 싸이월드 같은 포털사이트의 유명한 고양이카페에 가입해 사라다 햄버튼을 처음 발견했을 때 찍은 사진과 함께 글을 올렸다.

　고양이 주인을 찾습니다. 아메리칸쇼트헤어 종으로 보다시피 매력적인 검은 눈동자를 가지고 있습니다. 게맛살이 들어간 샐러드를 좋아하고, 중성화수술을 받은 것 같습니다. 고양이를 처음 발견한 장소는 제 아파트 베란다입니다. 제가 사는 곳은 경기도 고양시 일산구 장항동입니다. 연락처는 016-××××-××××, 이메일 주소는 ×××84@hanmail.net입니다.

44

이상하게 녀석은 카메라 렌즈만 들이대면 신경질을 내거나 몸을 숨겼는데, 그래서 매우 힘들게 찍은 사진이었다.

5

이십대에 일을 하지 않고 백수로 지낸다는 건, 수억원의 돈을 낭비하는 '심각한 경제적 손실'이나 마찬가지라고 지적한 글을 읽은 적이 있다. 갑자기 그 글이 떠오른 것은 월말이 가까워지면서 함께 온, 각종 공과금의 압박 때문이었다. 전기세와 수도세, 가스비를 포함한 아파트 관리비와 텔레비전 수신료, 유선비, 인터넷 사용료, 휴대폰 요금, 보험료 등등 한 달에 정기적으로 나가는 돈만 대략 오십만원 정도에, 한 달간의 부식비와 사라다 햄버튼에게 들어가는 돈까지 합치면 생활비가 최소한 백만원은 들었다. 통장 잔고는 밑 빠진 독처럼 하루가 다르게 줄어들고 있었다. 병원을 그만둔 걸 후회할 때가 종종 있었는데, 현금인출기에서 잔고를 확인할 때, 마트에서 무심히 집어든 앱설루트 보드카나 소고기 포장지에 붙어 있는 가격에 놀라 다시 내려놓을 때가 바로 그런 때였다.

대한민국 방사선사의 평균연봉이 높은 편은 아니었지만, 꾸준한 수입이 있다는 것은 사람의 심리를 안정시키고 미래를 설계할 수 있는 여유를 가져다주게 마련이다. 게다가 나는 방사선사라는 직업과 내 생활에 어느 정도 만족하고 있었고—물론 S와 헤어지기 전까지는—사람의 목숨을 다룬다는 데 일종의 자부심도 가지고 있었던 것 같다.

사라다 햄버튼의 간식거리와 아이스크림을 사들고 집으로 돌아오는 길에 〈벼룩시장〉 한 부를 집어들었다. 아파트 주변 상가 같은 데서 아르바이트라도 해야 했다. 다만 얼마라도 벌고 싶었으니까.

현관에 들어서자마자 사라다 햄버튼이 달려와 발밑을 맴돌았다. 녀석은 이제 비닐봉투 소리만 듣고도 자신에게 뭔가 먹을거리가 생긴다는 사실을 알게 된 것 같았다. 나는 녀석의 머리를 쓰윽 쓰다듬어준 뒤 거실로 들어가 녀석이 좋아하는 게맛살 하나를 포장지에서 꺼내들었다. 녀석은 두 눈을 크게 뜨고 코를 벌렁거리며 다가왔다. 게맛살의 반쪽을 찢어 녀석에게 주려다 말고 내가 한입에 먹어버리자 사라다 햄버튼은 시니컬한 표정을 지으며 나를 쳐다보았다. 오랜만의 간식임에도 불구하고, 이 정도 장난쯤은 매번 겪는 일이기도 하니까 참아줄 수 있다는, 뭐 그런 태도였다. 나는 녀석의 반응에 김이 빠져버려, 남아 있는 반쪽과 새로 포장을 뜯어낸 게맛살 하나를 통째로 녀석에게 던져주었다. 그제야 사라다 햄버튼은 느긋하게 다가와 꼬리를 실룩거리며 게맛살을 먹기 시작했다.

자신을 고양이탐정이라고 밝힌 사내가 아파트를 방문한 것은,
사라다 햄버튼이 게맛살에 만족하지 않고 〈벼룩시장〉의 구인란
을 꼼꼼하게 읽고 있는 내 주위를 돌며 갖은 애교로 아이스크림
을 다 빼앗아 먹은 뒤였다. 녀석은 포만감에 흡족해하며 엉덩이
를 쭉 빼고 기지개를 켜더니 텔레비전 앞으로 다가가 목도리처
럼 길게 바닥에 드러누웠다.

검은색 바바리코트에 검은색 벙거지를 쓴 고양이탐정은 거실
안을 두리번거리다 텔레비전 앞에 뻗어 있는 사라다 햄버튼을
발견하고는 소리쳤다.

"저 고양이군요!"

내가 담담하게 고개를 끄덕이자 고양이탐정은 검은색 뿔테안
경을 만지작거리며 코트 주머니 속 수첩에서 명함 한 장을 빼내
건네주었다.

"전 주로 실종된 개와 고양이를 찾아주는 일을 합니다. 이 바
닥에선 꽤 알려진 베테랑으로 통하죠."

남자가 건네준 명함에는 '사설탐정 겸 추리소설가'라고 적혀
있었다. 이름을 확인하면서 나는 최근에 읽은 추리소설 중에서
남자가 쓴 책이 있었는지 잠시 떠올려봤다.

"어떻게 알고 찾아오셨습니까?"

명함에 눈길을 둔 채 내가 묻자, 고양이탐정은 메고 있던 검은색 서류가방에서 A4용지 크기의 전단지를 꺼내 내밀었다. 그것은 내가 고양이카페 주인의 양해를 구하고 카페 입구에 놓아둔, 사라다 햄버튼의 주인을 찾는다는 전단지였다.

"사라다 햄버튼의 전 주인에 대해 알고 계신가요?"

내 말에 대답하는 대신 그는, "좀 앉아도 될까요?"라고, 소파를 가리키며 말했다. 나는 고개를 끄덕이고는 고양이탐정이 앉을 자리를 황급히 만들어주었다. 내가 부엌으로 가 인스턴트커피를 타는 동안 고양이탐정은 가방에서 스크랩북을 꺼냈다. 내가 머그컵을 들고 다가가자 그는 그중 한 페이지를 펼쳐 내 쪽으로 내밀었다. 나는 고양이탐정에게 머그컵을 건네준 뒤 스크랩북을 내려다봤다.

고양이탐정이 펼쳐 보인 페이지에는 두 장의 고양이 사진과 PK라는 이름의 명함, 그리고 잃어버린 장소가 적힌 메모가 스크랩되어 있었다. 나는 고양이탐정에게 양해를 구한 뒤 사진을 집어 자세히 들여다보았다. 입을 반쯤 벌린 채 두 앞발을 휘저으며 카메라 렌즈를 노려보고 있는 고양이였다. 베란다 앞을 서성거릴 때보다도 어려 보였지만, 까만 눈동자라든가 얼굴 주위의 검은색 줄무늬, 귀의 생김새가 영락없는 사라다 햄버튼이었다. 녀석은 어릴 적부터 사진 찍히는 걸 싫어했었구나.

"제가 봐도 사라다 햄버튼이 맞는 것 같군요."

사진을 내려놓으며 말하자, 고양이탐정이 만족스러운 표정으로 대답했다.

"물론이죠. 전 개와 고양이의 얼굴을 사람처럼 정확하게 구별할 수 있으니까요. 이 정도 눈썰미는 기본이랍니다."

"여기 명함에 이름이 적힌 사람이 사라다 햄버튼의 주인인가요?"

고양이탐정이 고개를 끄덕였다.

"일산엔 개와 고양이를 기르는 분들이 많습니다. 그러니까 여긴 제게 가장 많은 일거리를 제공해주는 곳들 중의 하나죠. 그래서 전 이곳에 따로 사무실을 두고 있답니다. 원래 사무실은 강남에 있지만……"

내가 심드렁한 얼굴로 사라다 햄버튼의 어릴 적 사진을 다시 집어들자 고양이탐정은 자기 자랑을 늘어놓다 말고 헛기침을 했다.

"PK라는 분에게서 고양일 찾아달라는 의뢰를 받은 건, 그러니까…… 일 년 하고도 이 개월 전쯤이었습니다. 봄이 절정에 달하던 5월 중순이었으니까요."

작년 5월이라면 S와 동거를 시작한 지 일 년쯤 되었을 무렵이었다. 병원이 시흥에 있었기 때문에 나는 그녀보다 한 시간 삼십 분 정도 일찍 집을 나서야 했고, 내가 출근 준비를 하는 동안 그녀는 그대로 자고 있는 경우가 많았다. 간혹 부스스한 모습으로 현관에서 배웅을 하는 날도 없지는 않았으나, 특별한 경우를 제외하곤 아주 가끔 늦은 저녁을 함께 먹거나 마감뉴스를 볼 때 외엔 마주 앉아 이야기를 나눌 수 있는 시간은 그리 많지 않았다. 출퇴근 시간이 자유로운 그녀는 오후 늦게 출근해서 새벽에 들어오는 날도 많았기 때문에, 일주일에 단 하루도 제대로 된 식사를 함께하거나 짧은 대화조차 나누지 못하는 경우도 있었다. 아버지와 어머니의 자유로운 스타일에 익숙한 나는 그런 생활에 아무 거부감이 없었지만 그녀는 좀 달랐다. 나와 거리를 두기 시작한 것도 그즈음부터였다.

"그렇게나 오래전이었습니까?"

"하지만 곧 찾았다는 연락을 받았어요."

고양이탐정은 고개를 끄덕이며 대답했다. 이해할 수 없는 말이었다.

"사라다 햄버튼을 찾았다구요?"

내가 다시 묻자 그는 확인도장을 찍듯이 단호하게 대답했다.

"분명히!"

"하지만 사라다 햄버튼은 저기 저렇게 누워 있는데요."

내가 LCD 모니터 텔레비전 앞에 뻗어 잠을 자고 있는 녀석을 손가락으로 가리키며 말하자, 고양이탐정은 커피를 한 모금 마시고는 대답했다.

"저도 그게 궁금하더군요."

"사라다 햄버튼이 우리 집에 나타난 건 삼 개월 전쯤이었어요. 낮도 안 가리고 자기 집처럼 편안해하는 모습이 처음엔 신기하기도 했지만…… 결코 고양이를 훔치거나 한 건 아닙니다. 주인 없는 길고양이라고 생각했으니까요."

"그런데 왜 전 주인을 찾는다는 전단지를 만들어 뿌렸습니까?"

"고양이카페에 갔다가 우연히 거기 사장님을 통해 사라다 햄버튼이 중성화수술을 받았단 사실을 알게 되었어요. 중성화수술을 받았다는 건 누군가에게 소중하게 키워지고 있었다는 얘기고, 그래서 만약 사라다 햄버튼의 전 주인이 있다면…… 그분에게 미안한 마음이 들었습니다. 지금까지도 가슴 졸이며 녀석을 찾고 있을지 모르니까요."

"마음이 매우 따뜻한 분이시군요."

고양이탐정은 충분히 이해가 간다는 듯 손을 가슴으로 가져가며 길게 한숨을 내쉬더니, 전 주인의 명함을 꺼내 내게 건네주었다.

"이런 게 인연이란 생각이 드는군요."

"하지만 사라다 햄버튼을 돌려주고 싶진 않습니다. 제가 그분에게 일정한 금액을 드리고서라도. 녀석과 너무 정이 들어버렸거든요."

명함을 건네받으며 내가 말했다. 표면이 우둘투둘한 와트만지로 만든 명함에는 L물산 대리라는 직함이 찍혀 있었다. 고양이 탐정은 그런 걱정은 할 필요가 없다고 간단하게 대답했다. 내가 이유를 묻자 그는 눈으로 베란다 창밖을 가리키며 입을 열었다.

"PK라는 분이 사는 곳은 저 길 건너편 아파트 일층이었습니다. 삼 개월 전에 이사를 가버렸지만……"

"옆동 일층요?"

우리 집과 옆동 사이에는 자전거도로와 화단이 가로놓여 있었다. 대략 이십 미터 정도. 그렇게 가까운 거리에 사라다 햄버튼의 전 주인이 살고 있었다는 사실이 신기하게 느껴졌다.

"아…… 그분에게 너무 죄송하군요. 이 명함에 적힌 번호로 연락하면 될까요?"

"아뇨…… 사실 그 명함은 더이상 필요가 없어졌어요. PK라는 분은 이사만 간 게 아니거든요. 회사도 옮기고 핸드폰 번호도 바꿔버렸으니까요."

고양이탐정의 말에 나는 알 듯 모를 듯한 기분으로 고개를 끄덕였다. 그리고 입이 찢어져라 하품을 해대는 사라다 햄버튼을 말없이 바라보았다. 녀석의 전 주인은 어쩌면 이사를 가던 중에 녀석을 잃어버린 것은 아닐까. 어수선한 와중에 미처 사라다 햄버튼을 챙기지 못했을 수도…… 그렇다면 왜 사라다 햄버튼은 자기가 살던 아파트가 아니라 하필 이곳 베란다로 찾아왔을까? 문득 그 이유가 궁금해지기 시작했다.

"그래서 여쭤보고 싶었습니다. 지금도 여전히 PK씨를 만나보고 싶은지요?"

진지한 말투로 고양이탐정이 말했다. 나는 커피를 한 모금 더 마시고는 사라다 햄버튼의 늘어진 모습을 다시 한번 바라보았다. 녀석은 이제 반듯하게 누워 작게 코까지 골면서 자고 있었다.

"글쎄요, 지금은 뭐라고 대답하기가 어렵습니다."

고양이탐정은 게슴츠레 뜬 눈으로 나를 바라보며 고개를 끄덕이고는 스크랩북을 덮어 가방 속에 넣었다.

"명함에 제 핸드폰 번호와 사무실 전화번호가 있습니다. 결심이 서는 대로 언제든 연락주십시오."

그가 자리에서 일어났다.

"그런데 제가 이렇게까지 그분을 찾아야만 하는 이유가 있을까요?"

고양이탐정을 올려다보며 묻자, 그는 잠시 나와 시선을 마주친 뒤 천천히 입을 열었다.

"개와 마찬가지로 고양이 역시 영역 표시를 중요하게 생각하는 동물입니다. 절대로 자신의 영역 밖에서 편안하게 쉬거나 머무르는 경우는 없습니다."

"무슨 뜻이죠?"

잠시 뜸을 들이던 고양이탐정이 다시 입을 열었다.

"그러니까 제 말은, 저 고양이는 처음부터 이곳을 잘 알고 있었을 거란 말씀입니다."

"그럴 리가요. 녀석을 발견한 건 삼 개월 정도밖에 되지 않았어요."

"분명히 그전부터 여길 들락거렸을 겁니다."

고양이탐정이 안타까운 표정으로 대답했다. 그의 말을 되새기면서 결국 S를 떠올릴 수밖에 없었다. 아니, 그럴 리가 없다. 나도 모르게 미간이 찡그려졌다.

'내가 지금 무슨 생각을 하고 있는 거지?'

고양이탐정을 현관에서 배웅하고는 소파에 무너지듯 앉았다. 그리고 큰 대자로 뻗어 있는 사라다 햄버튼을 멍하니 내려다봤다.

텔레비전 리모컨의 파워버튼을 누르자 영화 〈봄날은 간다〉가 방영되고 있었다. 이영애와 유지태, 아니 은수와 상우의 슬픈 사랑 이야기. 아니, 상우의 가슴 아픈 실연 이야기라고 하는 게 더 맞을 것 같다. S가 갑자기 떠난 후, 멜로영화는 의식적으로 보지 않고 있었다.

헤어지자고 말하는 은수에게 상우는 반문했을 것이다. 어떻게 사랑이 변하니? 나는 채널을 돌리며 영화의 마지막 장면을 떠올렸다.

상우처럼 나도 마지막엔 웃음을 되찾을 수 있을까?

6

S가 샐러드를 좋아했다는 사실을, 왜 그동안 잊고 있었을까?

고양이탐정이 다녀가고 난 뒤에 나는 맥주 여섯 캔을 앉은자리에서 비워버렸다. 시간은 어느새 밤 열두시를 넘어서고 있었다. 사라다 햄버튼을 베란다로 내보내고 저녁은 따로 주지 않았다. 그사이 나는 케이블티브이의 오락프로그램을 보고 MP3로 음악을 들었다. 힙합이나 비트가 강한 댄스곡을 골랐지만 답답한 마음은 좀처럼 가시지 않았다. 거실 구석에 있는 러닝머신 위에서 뜀박질을 해봐도 마찬가지였다. 시간이 지날수록 잠은 달아나버리고 정신은 또렷해져갔다. 결국 다운점퍼를 걸치고 밖으로 나갈 수밖에 없었다. 자전거도로를 가로질러 걸으며 이어폰을 귀에 꽂았다. 겨울이 가까워오는지 자정이 넘은 거리는 싸늘했다. 불그스름한 빛을 뿜어대는 가로등 아래로 낙엽이 쌓여갔다. 노랗게 변했던 은행나뭇잎은 하나둘 바닥으로 떨어지기 시작했고 화단에 심어진 국화도 어느새 시들해져 있었다. 나는 점퍼 주머니에 양손을 넣고 붉은 벽돌이 깔린 인도를 따라 걸었다. 차가운 공기 때문인지 취기는 이내 사라져버렸다.

PK라는 남자가 살던 아파트의 베란다 앞에서 나는 걸음을 멈췄다. 이어폰에선 유키 구라모토의 〈Grassland In Late Autumn〉이 흘러나오고 있었다. 피아노의 낮은 선율이 잔잔하지만 무겁게 내 가슴을 짓눌렀다. 누군가 새로 이사를 왔는지 드레스커튼이 쳐진 베란다 너머로 희미한 텔레비전 불빛이 새어나오고 있었다. 나는 그 자리에 가만히 서서, "왜 당신의 고양이가 내 아파트 베란다로 찾아왔는지 설명해줄 수 있냐"고, 따지듯 물었다. 그러고는 서너 발자국 뒤로 물러서서 우리 집 베란다를 올려다보았다. 베이지색 블라인드가 내려진 모습이 매우 낯설게 느껴졌다.

가끔 S는 티셔츠에 팬티 차림으로 베란다에 나가 담배를 피우고는 했다. 막 침대에서 나온 그녀의 머리는 아무렇게나 흐트러져 있었고, 화장을 하지 않은 얼굴에는 기미가 그대로 드러나 있었다. 나는 그런 그녀의 모습이 좋았다. 베란다 창문을 열고 쪼그리고 앉아 지포 라이터로 담배에 불을 붙이는 그녀에게, "스누피 팬티를 굳이 그렇게 자랑할 것까진 없잖아!" 소리치면, 그녀는 "동네 할아버지들을 위한 작은 선물이야", 농담처럼 대답하곤 했다.

눈 주위가 따끔거리기 시작했다. 고양이카페 주인의 말대로라면, 중성화수술로 인해 발정기가 사라진 고양이는 자기 영역에 대한 본능이 일반 고양이에 비해 약해질 뿐만 아니라 가출하는 경우도 거의 없다고 했다. 하지만 사라다 햄버튼은 달랐다. 어쩌면 중성화수술을 받기 전부터 내 아파트를 들락거렸는지도 모른다. 나는 조금씩 뒷걸음질쳤다. 화단 위를 가로질러가는 나를, 새벽 순찰을 돌던 경비원이 힐끔거리며 지나갔다. 나는 고개를 숙인 채 걸음을 옮겼다. 그리고 S가 떠난 것이 전적으로 내 잘못이기를 간절히 빌었다. 인간은 누구나 외롭고 고독하다고 말하던 그녀의 슬픈 생각 역시 내 잘못 때문이라고.

눈을 떴을 때 하늘은 온통 먹구름으로 가득했다. 사라다 햄버튼은 내 쪽으로 등을 보인 채 베란다 구석에 엎드려 있었다. 부엌에서 인기척이 나는 걸 보니 아버지가 돌아온 것 같았다. 누워 있던 소파에서 몸을 일으키자 머리가 바늘로 찌르듯 콕콕거렸다. 나는 인상을 쓰면서 양손으로 이마 주위를 어루만졌다. 탁자 위에 어질러져 있던 빈 캔이며 땅콩껍질 같은 것들은 이미 깨끗하게 치워져 있었다.

텔레비전 아래 장식장 서랍에서 두통약을 꺼내들고 부엌으로 향했다. 아버지는 앞치마를 두르고 소매를 걷어올린 채 북엇국을 끓이고 있었다. 내가 "언제 오셨어요?"라는 말로 인사를 대신하자 아버지는 애매하게 대답했다.

"아침에…… 아니 새벽이던가."

"청소까지 하실 필욘 없었는데요."

냉장고에서 물통을 꺼내는 내게 아버지는 유리컵을 건네주며 웃어 보였다.

"당분간 네 신세를 지게 되었는데, 이 정도 서비스는 해야지."

그러고는 내 표정을 넌지시 살피면서 물었다.

"내가 없는 사이 무슨 일이라도 있었니?"

나는 대답 대신 두통약 한 알을 입에 넣고 물을 마셨다. 식탁 위에는 밑반찬과 함께 수저 두 쌍이 마주 놓여 있었다. 어머니와 이혼하면서, 아버지는 당신의 물건을 하나도 챙겨가지 않았다. 그래서 나타샤와 함께 캐나다로 떠난 뒤에도 아버지의 은수저는 물론이고, 번개 맞은 향나무로 만든 테이블과 카우보이모자, 아버지의 추억이 담긴 앨범 등은 고스란히 이 집 안에 남아 있었다. 어머니 역시 아버지의 물건을 치우거나 하지 않았다. 언젠가 내가 그것들에 대해 묻자 어머니는 무덤덤하게 대답했었다.

"네 아버지잖니."

"음, 실은 나도 오늘 새벽까지 술을 마셨거든."

가스레인지 불을 끄며 아버지가 말했다. 내가 식기건조대에서 대접을 꺼내 조리대 위에 올려놓자 아버지가 북엇국을 양껏 담아 건네주었다.

"그런데 아버지."

"음, 왜?"

"어머니와 이혼하면서 왜 아버지 물건을 하나도 가져가지 않왔어요?"

국이 담긴 그릇을 가지고 식탁 앞에 앉으며 아버지는 대답했다.

"보더 미. 귀찮았어."

"정말요?"

나는 다시 물었다. 아버지는 숟가락으로 북엇국을 한입 떠먹더니 "캬!" 탄성을 터뜨리며 만족스러운 표정을 지었다. 내게 먹어보라고 권하는 아버지의 얼굴은 십대 소년의 그것처럼 천진스러워 보였다. 어젯밤 이후 갑자기 십 년은 늙어버린 것처럼 기운이 빠져버린 나는 그런 아버지의 모습이 부럽기까지 했다. 당신보다 열두 살이나 어린 나타샤와 결혼했기 때문일까? 아니면 새로 태어날 여동생 때문일까?

"그러고 보니까 딱 한 가지, 가져간 게 있었는데 말야⋯⋯ 그건 비밀이다."

"그런 게 어딨어요."

내가 미간을 찡그리며 대꾸했다. 그러나 아버지는 입술을 동그랗게 오므리며 어림도 없다는 듯 고개를 좌우로 흔들어댔다.

어느새 비가 내리기 시작했다. 빗방울이 베란다 창을 치고 부서져내리면서 탁탁, 소리를 냈다. 텔레비전 뉴스의 기상캐스터가 비가 그치는 저녁 무렵부터 이삼 일 동안 반짝 추위가 있을 거라는 예보를 전했다. 나는 베란다 쪽으로 다가가 고양이집 안에 몸을 웅크리고 누워 있는 사라다 햄버튼을 내려다보았다. 인기척을 느꼈는지 고개를 돌린 녀석이 나를 올려다보며 "야옹" 하고 길게 소리를 질렀다. 나는 녀석에게 좀더 가까이 다가가 무릎을 꿇고 앉았다. 베란다 창을 사이에 두고 녀석은 나와 말없이 시선을 마주쳤다. 다행히 평소와 다른 나의 냉랭한 행동에 당황하거나 슬퍼하는 것 같지는 않았다. 나는 베란다 창을 열고 녀석의 머리를 쓰다듬어주었다. 이어서 콧등과 턱 밑, 귀 뒤를 차례로 간질여주었다.

'고양이탐정이란 사람…… 어쩌면 자기 멋대로 꾸민 이야긴지도 모르잖아.'

그렇게 생각하자 마음이 조금은 편안해지는 것도 같았다.

고양이집 옆에 있는 전기난로의 전원을 켜고 저칼로리 참치캔한 개를 뜯어 녀석의 밥그릇에 담았다. 플라스틱 물병에는 아직물이 반쯤 남아 있었다. 녀석 쪽으로 스테인리스 밥그릇을 밀어주자 사라다 햄버튼은 평소와 달리 조심스럽게 몸을 일으켰다. 어젯밤부터 아무것도 먹지 못한 녀석이지만 코를 바닥에 대고여기저기 냄새를 맡으면서도 쉽사리 참치에 입을 갖다대지 않았다.

에든버러에서 태어난 데이비드 흄은 동물들의 이성을 설명하기에 앞서 직감(instinct)이라는 훌륭한 단어를 생각해냈다. 어쩌면 사라다 햄버튼도 직감을 통해 지금의 내 기분을 느끼고 있는지도 몰랐다.

"아직 무슨 일이 있었는지 설명하지 않은 것 같은데……"

아버지가 등뒤에서 입을 열었다. 나는 몸을 일으키며 베란다 창을 닫았다. 아버지는 내셔널지오그래픽에서 방송되는 동물 다큐멘터리를 보고 있었다. 아프리카 영양을 사냥하는 데 성공한 수사자가 영양의 목덜미에서 날카로운 어금니를 채 뽑기도 전에 하이에나 무리가 모여들었다. 녀석들은 사자 주위를 기웃거리면서 날카로운 소리를 내는 등 도발적인 행동으로 사자의 신경을 건드리고 있었다.

"그냥 술 생각이 좀 나서요."

"정말이야?"

"그게 아니면요?"

내가 반문하자 소파에 앉아 있던 아버지의 얼굴에 묘한 미소가 일었다.

"나야…… 너에 대해 아는 게 없으니 대답할 말이 없구나. 캐나다에 있는 동안에도 넌 일 년에 전화 한 통 할까 말까 했으니 말야."

"아버지 성격을 닮아서 그래요."

"그래. 그 말에도 난 할 말이 없구나."

대화가 끊기고, 어색한 침묵이 이어지는 동안 텔레비전 화면 속의 어수룩한 사자는 하이에나 무리에 쫓겨 쓰러진 나무 위로 올라갔다. 나는 아버지 옆에 힘없이 앉으며 먼저 사과했다.

"제가 너무 버릇없이 굴었어요. 죄송해요."

"틀린 말도 아니잖니. 내가 너나 네 엄마에게 무관심했던 건 사실이니까."

그리고 다시 침묵.

"……동거하던 여자친구가 있었어요."

아버지가 몸을 앞으로 숙이며 나를 바라보았다. 조금 어색한 기분이 들었지만 나는 말을 이었다.

"삼 개월 전쯤 여길 나갔어요. 고독과 죽음에 익숙해져야 한다고, 인간은 누구나 고독하고 외로운 존재라는 말만 남긴 채요."

"그래서 병원도 그만두고 혼자서 술도 마시는구나."

"사실 어제까진…… 제가 모든 걸 극복한 줄 알았거든요."

긴 한숨이 나왔다. 돌풍이 부는지 빗줄기가 꽤 거칠게 베란다 창을 때렸다. 아버지는 다시 말없이 텔레비전 쪽으로 고개를 돌렸다. 결국 하이에나 무리에게 아프리카영양을 빼앗긴 사자는 녀석들이 영양의 꼬리뼈까지 모조리 먹어치울 동안 꼼짝하지 못하고 나무 위에 쪼그리고 앉아 있었다.

"인간뿐만 아니라 사자도…… 혼자선 불쌍한 존재로구나."

텔레비전의 LCD 화면을 가리키며 아버지가 말했다. 나는 피식, 웃음을 터뜨렸다.

"매점에 갔을 때 말야, 네 엄마가 뭘 샀는지 아니?"

"아뇨."

"소주였어."

"어머니답군요."

"그래. 하지만 그때 난 네 엄마가 혹시라도 나쁜 마음을 먹은 건 아닐까, 걱정이 들었단다."

"설마요."

나는 "절대로 그럴 리가 없잖아요"라고 덧붙였다. 아버지 역시 수긍한다는 듯 고개를 끄덕였다.

"네 엄마만큼 강한 여자도 없지…… 하지만 분명히 그땐 왠지 좀 위험했어. 난 지금도 그렇게 확신하고 있단다."

"마치 엄마의 생명을 구한 은인인 것처럼 말씀하시는군요."

아버지는 대답 대신 머리를 긁적이며 쑥스럽다는 표정을 지었다.

"말했잖아. 지금의 넌 그때의 네 엄마랑 많이 닮았다고."

"그럼, 이번엔 제 목숨을 구해줄 차례인가요?"

양손으로 무릎을 치며 웃음을 터뜨리는 아버지를 보며 나도 미소를 지었다. 아버지만큼 타인의 마음을 편안하게 해주는 사람도 드물 것이다. 산을 좋아하고, 나무를 좋아하고, 나무로 뭔가를 만드는 것을 좋아하는 아버지는, 늘 속세와는 한 발짝 정도 거리를 두고 있었다. 언젠가 아버지는 당신의 사주에 대해 말하면서 "중이 될 팔자를 타고났다지만, 그러기에 난 너무 여자를 좋아하거든", 농담을 하기도 했다.

"아르바이트 자릴 찾아볼까 해요."

"필요하다면 하숙비를 줄 수도 있다."

나는 고개를 좌우로 흔들었다.

"가족에게서 돈을 받을 순 없죠. 대신 사라다 햄버튼을 미워하진 마세요."

"개인적인 감정은 없어. 단지 고양이 알레르기가 있을 뿐이니까."

아버지는 베란다 쪽을 쳐다보며 대답했다. 사라다 햄버튼은 다행히 스테인리스 그릇에 입을 박고 참치를 먹고 있었다. 어느새 두통은 사라지고 없었다. 나는 한결 가벼워진 기분으로 다큐멘터리로 시선을 돌렸다. 화면 속에서는 이제 사자들의 복수가 시작되고 있었다. 하이에나 한 마리가 갈기가 무성한 수사자에게 쫓겨 달아나기 시작했다.

그날 저녁 나는 방으로 들어가 노트북의 전원을 켜고 인터넷에 접속했다. S로부터 메일이 도착한 건 일주일 전이었다. 받은 편지함 속에서 그녀의 아이디를 확인한 뒤 한동안 아무 생각도 할 수 없었다. 웬일인지 메일을 열어볼 용기도, 그대로 삭제해버릴 강단도 생기지 않았다. 내가 할 수 있는 최선은 그저, 무시해버리는 것이었다.

만약 고양이탐정이 찾아오지 않았다면, 아니 내가 사라다 햄 버튼의 전 주인을 찾을 결심만 하지 않았더라도 S의 메일을 영 원히 열어보지 않았을지도 모른다. 그녀의 메일을 열기 전에 잠 시 호흡을 가다듬었다. 듀오백 의자 등받이에 등을 기댄 채, 오 른손을 마우스로 가져갔다. 더블클릭을 하자 곧 그녀가 보낸 메 일이 모니터에 떠올랐다.

여긴 우기가 시작되고 있어.

첫 문장이었다. 나는 눈을 깜빡이며 인도네시아의 자카르타를 떠올렸다. 하지만 아무것도 생각나지 않았다. 나는 자카르타에 대해 알고 있는 게 아무것도 없었다. 그런데 S는 왜 자카르타로 떠날 결심을 했을까? 동거를 하는 동안에도 그녀는 한 번도 인 도네시아나 자카르타에 대해 말한 적이 없었다.

하지만 한국에서처럼 차분하게 비 오는 거리를 감상할 수는 없어. 빗줄기가 너무 강해서 맞으면 아플 정도니까. 그래서 자카르타의 한국학교 학생들은 비가 그칠 때까지 바나나 나 무 밑에서 몸을 피하곤 해.

나는 가만히 비 오는 소리에 귀를 기울였다. 지금도 자카르타에는 비가 내리고 있을까.

　　이곳에 들어온 지 삼 개월이 지났지만 여전히 난 부유하고 있다는 기분이 들어.
　　다행히 여기 한국학교 선생님들이 친절하게 대해주고 있어 외로움은 덜하지만.
　　그래도 향수를 달래기 위해 주말이면 학교 도서관 근처를 맴돌며 한국소설을 읽거나 영화관(이곳 상류층들이 이용하는 고급 영화관은 의자가 아닌 침대에 편안하게 누워서 영화를 볼 수도 있어. 한국에서의 교사 월급으론 어림도 없는 일이지만 여기선 가능하다는 사실이 놀랍기만 해)에서 한국영화를 보며 지내는 날이 많아.

한 행을 띄우고 나서 그녀는,

　　너무 갑자기 떠나버렸다고 생각하겠지?

라고 썼고, 나는 고개를 끄덕이며 나지막이 "그래" 하고 대답했다.

　　이해해달라고 하면 내가 너무 나쁜 여자가 되는 걸까?
　　하지만 지금 네게 아무리 설명을 한다고 해도 그건 모두 변명밖에 되지 않을 거야.

　좀더 마음이 정리가 되면,

　그때 모든 걸 말하고 싶어.

　학교 교정엔 하와이안 무궁화가 탐스럽고 예쁘게 피었어.

　365일 매일 피고 지는 꽃이라는 게 신기해.

　이곳 자카르타는 시내를 조금만 벗어나도 밀림 한가운데 와 있는 듯
한 느낌이 들어.

　섬들과 끝없이 펼쳐진 하얀 백사장을 보고 있으면

　휴가를 떠나온 것처럼 마음이 들뜨기도 하지만

　그런 기분을 즐기기엔 여긴 너무 습하고 더운 것 같아.

　한국은 이제 가을이 절정이겠구나.

　한국의 가을하늘이 보고 싶어.

　그 계절의 쓸쓸함이나 싸늘함까지도 함께 말야.

　—자카르타에서 S.

　나는 몇 번이나 되풀이해서 메일을 읽었다. S가 변명이라도
늘어놓았다면 마음이 조금은 풀릴 수 있었을까 생각도 하면서.
나는 한동안 답장을 쓰다 지우기를 반복했다. 어떻게 첫 인사를
건네야 할지부터 망설여졌다. 사라다 햄버튼에 대해서, 캐나다

에서 날아온 아버지와 잠시 함께 지내고 있는 요즘에 대해서 나 열했다 지우기를 반복했다. 오랜 고민 끝에 나는 겨우 짧은 답 장을 완성할 수 있었다.

베란다에서 바라다보이는 은행나무의 잎들이 어느새 노랗게 변해버 렸어.

녀석들은 곧 하루살이처럼 바닥으로 떨어져내리겠지.

그러면 겨울이 시작될 거고.

난 난방비를 아끼기 위해 아마 두꺼운 오버코트를 입고 실내를 돌아 다닐지도 몰라.

나 역시 잘 지내고 있어.

아직 너의 빈자리가 느껴지지만,

그래서 고양이 한 마릴 키우게 되었는지도 모르겠어.

그곳에서 잘 지내길 바란다.

그리고 기다릴게.

뭐든, 갑자기 나를 떠난 이유에 대해, 변명이라도 들을 수 있었으면 좋겠거든.

　—K가.

'보내기'를 클릭하고 나서 나는 거실로 나왔다. 아버지는 소파에 엎드려 자고 있었다. 텔레비전 화면은 지구 온난화를 경고하는 환경 다큐멘터리로 바뀌어 있었다. 작은방 장롱에서 이불을 꺼내와 아버지의 어깨 위까지 덮어주었다. 베란다의 사라다 햄버튼도 전기난로 가까이에서 몸을 웅크린 채 잠들어 있었다. 텔레비전의 전원을 끄고 거실의 등도 껐다. 부엌에서 인스턴트 커피를 타서 다시 방으로 들어갔다.

헤드폰을 쓰고 노트북에 저장되어 있는 음악을 들었다. 메일함을 열고 수신확인을 해보니, 파란 글자로 '읽지 않음'이라고 나타나 있었다. 나는 '발송취소'라는 네 글자를 잠시 멍하니 바라보았다. 클릭 한 번이면 모든 걸 되돌려놓을 수 있었다. 하지만 나는 그렇게 하지 않았다. 그녀가 모든 걸 말해줄 때까지 기다려야 한다는 생각이 들었다. 그녀가 왜 고독하고 외로웠는지 알고 싶었다. 마음속 깊은 곳에는 사라다 햄버튼과 PK라는 남자에 대한 의구심도 남아 있었다. '죽도록 사랑했어'라는 노래가사가 헤드폰에서 흘러나왔을 때, 나는 문득 내가 아직까지 그녀를 사랑하고 있다는 사실을 깨달았다. 정말, 죽도록 사랑했다는 그 사실을.

7

다음날 아침, 아버지는 늘 그랬던 것처럼 내게 아무 말도 하지 않고 나가버렸다. 열시 가까이까지 늦잠을 자고 일어났을 땐 간밤에 아버지에게 덮어주었던 이불도 깨끗하게 정리되어 있었다. 부엌 식탁 위에는 아버지가 만들어놓은 토스트가 하얀 사기접시에 담겨 있고, 그 옆에 삐뚤거리는 필체로 아버지가 쓴 메모가 놓여 있었다. 나는 접시에 씌워져 있는 랩을 벗겨내고 토스트를 한입 물었다. 베이컨과 계란과 딸기잼이 크림치즈와 살짝 구운 토마토와 어우러져 묘한 맛을 냈다. 나는 토스트 한 조각을 더 먹고 나서 메모지를 펼쳤다. 접혀 있던 메모지 사이에서 종이 한 장이 팔랑거리며 바닥으로 떨어졌다. 나는 몸을 숙여 떨어진 종이를 집어들었다. 백만원짜리 자기앞수표였다. 나는 0의 개수를 꼼꼼하게 다시 확인하면서 고개를 절레절레 흔들었다. 메모에는 아침 거르지 말라는 당부와 함께 '한 달 동안 신세지는 대가이니 절대로 사양하지 말 것. 대신 냉장고에 소주랑 안줏거릴 채워놓으면 더이상 바랄 게 없겠음'이라고 적혀 있었다.

토스트와 우유가 든 유리컵을 들고 거실로 나가 베란다 쪽으로 다가갔다. 아버지가 없다는 사실을 눈치챘는지 사라다 햄버튼은 몸을 이리저리 움직이며 거실로 들어올 채비를 했다. 내가 베란다 문을 열어주자 녀석은 기다렸다는 듯이 뛰쳐나와 내 바짓가랑이로 파고들었다. 콧등과 온몸으로 바지 밑단을 비벼대는 녀석에게 토스트 사이에서 꺼낸 베이컨 조각을 던져주었다. 사라다 햄버튼은 맛있는 음식을 보면 눈을 크게 뜨고 코를 벌렁거리는 습관이 있었다. 몇 번 씹지도 않고 베이컨 조각을 삼켜버린 녀석이 나를 올려다보며 "야옹" 하고 소리를 질렀다. 토스트의 빵을 조금 뜯어내 다시 녀석 앞에 놓아주자, 이번에는 냄새를 맡은 뒤 조심스럽게 입으로 가져갔다.

사라다 햄버튼을 번쩍 안아올려 녀석의 머리와 몸을 쓰다듬다가 언제나처럼 콧등과 턱 밑, 귀 뒤쪽을 차례로 간질여주었다. 녀석은 기분이 좋은지 골골 소리를 내며 눈을 감았다. 녀석이 내게 그랬듯 나도 녀석의 얼굴로 뺨을 가져가 비벼댔다. 다시 녀석을 꼭 껴안아주자 사라다 햄버튼은 까슬까슬한 혓바닥으로 내 뺨을 핥으며 나를 올려다봤다. 녀석의 검고 커다란 눈동자를 마주 보며 나는 작은 목소리로 말했다.

"사라다 햄버튼, 목욕할 때가 된 것 같구나."

강원도에 첫눈이 내렸다는 소식은 아직 들리지 않았다. 확실히 지구가, 아니 한국이 따뜻해지고 있는 것만은 분명한 것 같았다. 그사이 나는 아르바이트 자리를 알아보기 위해 〈벼룩시장〉을 뒤지거나 구인사이트에 들어가 검색하는 시간이 많아졌다. 경기침체가 이어지면서 사람보다 일자리가 귀해진 것 같았다. 몇 군데 전화를 걸어보기도 하고 이력서를 들고 직접 면접을 보러 가기도 했지만 결과는 늘 같았다. 그 자리에서 퇴짜를 맞지 않으면, "일주일 안에 연락이 갈 겁니다"라는 판에 박힌 말뿐이었다. "병원에서 뭐 사고 치고 나왔어요? 왜 좋은 기술 놔두고 이런 데서 피자 배달이나 하려고 그래요?" 그런 말을 듣고 집으로 돌아올 때에는 그래도 병원에 다닐 때가 좋았다는 생각이 들기도 했다. 붐비는 지하철 안에서 졸음을 이겨가며 출근해 아무도 없는 방사선과를 돌며 대걸레로 바닥을 닦거나 일반촬영기와 CT를 마른 수건으로 구석구석 꼼꼼하게 청소하는 일이 지루하긴 했지만, 적어도 한 달 뒤의 미래에 대해 불안해하거나 조급해하진 않았다. 백수로 지낸 지난 백십 일은 스스로를 돌아볼 수 있는 소중한 시간임에는 분명했지만, 언제까지나 현실적인 문제를 외면하고 있을 수만은 없었다.

아버지가 놓고 간 수표를 입금하고 현금인출기에서 카드로 돈을 찾았다. 아파트 근처 마트에서 카트를 끌고 다니며 아버지의 바람대로 플라스틱 병에 든 소주 다섯 병과 골뱅이통조림, 육포, 오징어를 사고 사라다 햄버튼이 좋아하는 게맛살과 저칼로리 참치, 그리고 우유와 요구르트, 사과, 바나나 같은 과일도 샀다. 점심을 먹은 뒤에는 사라다 햄버튼을 데리고 산책을 나갔다. 호수공원 주변은 11월답지 않은 포근한 날씨를 즐기기 위해 나온 사람들로 붐볐다. 자전거를 타거나 인라인스케이트를 타는 아이들도 있었고 조깅을 하는 부부도 있었다. 호수 주변 벤치에 앉아 도시락을 먹는 내 또래의 젊은 연인들, 개를 데리고 산책을 하는 아주머니나 할아버지도 눈에 띄었다. 나는 화장실 옆에 있는 자판기에서 게토레이를 뽑아 단숨에 마시고는, 공원 전체를 둘러싸고 있는 트랙으로 발걸음을 옮겼다. 합성고무로 만든 트랙은 단단한 시멘트나 아스팔트 바닥과는 달리 폭신폭신했다. 이동가방에서 사라다 햄버튼을 꺼내 트랙 위에 올려놓자, 녀석은 몸을 웅크린 채 주위를 두리번거렸다. 코를 바닥에 대고 킁킁거리며 냄새를 맡더니 녀석은 이내 고개를 돌려버렸다. 트랙에서 나는 우레탄 냄새 때문인 것 같았다. 사람들이 지나갈 때마다 몸을 움찔거리는 바람에, 나는 할 수 없이 한 손으로는 이동가방을 들고 다른 한 손으로는 사라다 햄버튼을 안은 채 걸을 수밖에 없었다.

어디선가 "그 녀석이 사라다 햄버튼이군" 하는 소리가 들려왔다. 내가 목소리가 들려온 방향을 찾아 주위를 두리번거리는 사이, 서너 발짝 앞으로 다가선 달리웨이 사장이 방긋거리며 손을 흔들었다. 달리웨이에서 그는 언제나 하얀 와이셔츠에 검은색 나비넥타이를 매고 있었다. 정장바지의 앞줄은 반듯했고 검은 구두는 티 하나 없이 잘 닦여 있었다. 하지만 손을 흔들며 서 있는 사장은 평소와는 달리 운동복 차림에 슬리퍼를 신고 있었다. 뉴욕 양키스 마크가 새겨진 야구모자를 깊숙이 눌러쓴 그는 왼손에 회색 비닐봉투를 들고 있었다.

"아, 안녕하세요."

내가 고개를 꾸벅하며 인사하자, 그 역시 우연한 만남이 반가 웠던지 "자네도 이 근처에 사는가보군", 하고 상냥한 말투로 인 사를 대신했다.

"저기, 2차에 살아요."

"이웃 주민이었군. 난 그 옆……"

달리웨이 사장은 도로 건너편에 있는 아파트 단지를 손가락으 로 가리켰다.

"그러잖아도 자넬 한번 보고 싶었는데 말이야. 이렇게 마주치 게 되었군."

"절요?"

사장은 '자네 말고 또 누가 있겠나' 하는 표정으로 고개를 끄 덕였다.

고글처럼 생긴 선글라스에 귀에는 이어폰을 낀 젊은 여자가 나이키 운동화에 타이트한 운동복 차림으로 트랙을 돌고 있었 다. 문득 저런 모습의 여자라면 일산의 호수공원에서뿐만 아니 라 도쿄의 신주쿠 공원이나 맨해튼의 센트럴 파크, 파리의 튈르 리 공원에서도 쉽게 볼 수 있지 않을까 하는 생각이 들었다. 어 느새 우리는 모두 국제규격의 평균적인 삶을 살아가고 있는지도 몰랐다. 지금 이 시간, 나처럼 뚱뚱한 고양이를 데리고 공원으로

74

산책 나온 사람들은 세상에 또 얼마나 많을까.

달리웨이 사장이 추천한 곳은 회화나무광장이었다. 활엽수인 회화나무 잎들도 어느새 단풍이 들어 있었다. 사장은 근처 벤치를 가리키면서 꼬투리 열매가 이제야 익기 시작했다고 말했다. 옛날 같으면 잎도 모두 떨어졌을 때라고, 그만큼 우리나라 기후가 따뜻해진 거라고 덧붙이면서. 다섯 살쯤 되어 보이는 예쁜 여자아이와 함께 나온 젊은 부부가 캠코더로 아이를 촬영하느라 분주해 보였다. 우리는 나란히 벤치에 앉았다. 사장은 호주머니에서 담배 한 개비를 꺼내 내밀었다. 나는 고개를 좌우로 흔들었다.

"전 괜찮습니다."

"끊었나?"

"아뇨, 처음부터 배우지 않았어요."

"정말인가……? 부럽군!"

사장은 정말 부러운 얼굴로 나를 바라보더니, 들고 있던 담배를 뚫어지게 쳐다보며 혼잣말처럼 내뱉었다.

"나도 담밸 끊어야 하는데 말야."

하지만 그는 담배의 유혹에서 쉽게 벗어날 수 없을 것 같았다. 담배에 불을 붙이고 검붉은 불꽃이 타들어갈 때까지 깊숙이 담배를 빠는 그의 표정은 마치 초콜릿을 입안에서 녹여 먹는 어린아이의 얼굴과 비슷해 보였다.

"그런데 절 만나보고 싶어하신 건 왜인가요? 혹시 R 때문입니까?"

사라다 햄버튼은 심심한지 내 발 아래에서 자신의 꼬리로 장난을 치기 시작했다. 녀석이 몸을 돌릴 때마다 다리에 부딪히지 않도록 신경을 써야 했다.

"그렇다고 할 수 있지……"

"전부터 말씀드리고 싶었는데요. 저와 R은 사장님이 생각하는 그런 사이가 아니거든요. 가끔 친구처럼 만나 수다 떨고, 커피 한잔하는 게 전부예요."

"녀석, 가게를 그만뒀어. 이틀 전에."

"달리웨이를요?"

나는 사장의 얼굴을 바라보며 소리치고는, 호수와 호수 중간쯤에 떠 있는 인공 섬으로 시선을 돌렸다. 호수의 물결은 잔잔하고 조용했다. R의 말이 떠오르면서, 왜 내게 아무 말도 하지 않았을까, 의구심이 들었다. 다음주 월요일에 종일 데이트를 하자고 먼저 말한 사람은 그녀였다. 그러고 보니 그녀의 표정은 평소와 달리 진지했던 것 같았다. 그날 내게 말하려고 했을까?

"이유는요?"

"글쎄, 출근하자마자 '오늘까지만 근무할게요'라고 말한 게 다였으니까."

달리웨이 사장은 고개를 갸우뚱거리며 말을 이었다.

"참 착하고 성실한 아이였는데 말야. 열심히 일하며 공부하는 친구였어. 가끔 함부로 몸을 굴리는 아이들도 봐왔거든. 그런 녀석들을 볼 때마다 마음이 아팠는데…… 하지만 R은 절대로 그럴 녀석이 아니지."

"게다가 인기도 많았구요."

"으음, 그래. 거야 뭐 말할 것도 없지."

사장은 고개를 끄덕이며 말을 이었다.

"자넨 뭐 알고 있는 게 없나?"

달리웨이 사장이 물었다. 나는 고개를 좌우로 흔들었다.

"아뇨, 없습니다. ……담주 월요일에 만나기로 했지만요."

"월요일?"

"달리웨이 쉬는 날이잖아요."

"아, 그렇지. 정말 이젠 치매라니까."

사장은 자신의 이마를 두드리면서 웃어댔다.

"그런데 왜 월요일에 만나자고 했을까요?"

"자네에게도 말하고 싶지 않았던 걸까. 아니면……" 사장은 갑자기 벤치에서 벌떡 일어났다. "설마, 다른 가게에 스카우트된 건 아니겠지?!"

나는 어이없는 표정으로 그를 올려다보며 말했다.

"결코 그런 아이가 아니라는 건 사장님이 더 잘 알고 계시잖아요."

사장은 내 말에 안심이 되는지 다시 벤치에 힘없이 주저앉았다.

"그래, 맞아. 그럴 아이는 아니지. 도와주지 못해 미안하게 생각하고 있었어. 졸업을 앞두고 고민이 많은 것 같았는데. 사 년제 대학에 편입해서 공부를 좀더 하고 싶어했지만 집안 여건이 안 좋은 것 같더라고. 빌어먹을 등록금이 어찌나 비싼지…… 게다가 사 년제를 졸업한다고 해도 일자리가 보장되는 것도 아니고."

"명문대를 나왔으면 조금은 달랐을 수도 있겠죠. 가족 친지 중에 대기업 임원이나 고위공무원이 있었으면 인턴 자리 정도는 구할 수 있었을지도 모르고."

"그래, 어쩌면 자네들은 우리 세대보다 더 불행할지도 몰라. 그래도 우린 낭만이라는 게 있었는데."

"지금은 모두 선생이나 공무원이 되려고만 해요. 모든 게 불안하니까."

"음, 꽤 슬픈 현실이군."

사장은 들고 있던 회색 비닐봉투를 매만지면서 진지하게 말했다. 그제야 그의 손에 들려 있는 분유통이 눈에 들어왔다.

"아이가 있군요."

"이제 막 이백 일 지났어." 사장은 나와 분유통을 번갈아 바라보며 대꾸했다. "요즘 난 아빠가 되었다는 것에 새삼 감격하고 있어. 녀석이 꼼지락거리며 미소를 지을 때마다, 뭐랄까, 새로운

78

세상을 대하는 것처럼 매 순간 가슴이 설레."

그리고 그는 휴대폰 액정화면에 깔려 있는 아이 사진을 내게 보여주었다. 쌍꺼풀이 없는 도톰한 눈두덩에 입을 반쯤 벌린 채 제 아빠를 바라보는 아이는 사장과 판에 박은 듯 닮아 있었다. 그는 뒤늦게 얻은 아이로 인해 정말 행복해 보였다.

"이 녀석이 자네 나이쯤 되었을 때 세상은 어떻게 변해 있을까."

"미국의 어느 미래학자가 그랬어요. 앞으로 오십 년 뒤에는 토머스 모어가 꿈꾸던 유토피아가 실현될 수 있을 거라구요. 모든 에너지를 자연에서 얻을 수 있기 때문에 자원고갈이나 환경오염 같은 문제들은 더이상 걱정할 필요가 없게 된대요. 거기다 대부분의 불치병도 고칠 수 있다고 하고요. 우리가 예상한 것보다 훨씬 더 빠르고 위대하게 과학은 우리의 삶을 변화시킬 거라고 하더라고요."

"그때까지 내가 살 수 있다면 말이지."

"적어도 미래가 암울하지 않다는 사실만으로도 행복한 거죠."

꼬마를 데리고 산책을 나온 젊은 부부가 디지털카메라를 건네면서 촬영을 부탁했다. 나는 사라다 햄버튼을 달리웨이 사장에게 맡기고 카메라를 받아들었다. 양갈래로 머리를 땋아내린 여자아이가 수줍게 미소를 지었다. ㅁ자 모양의 벤치 위에 아이를 올려놓은 젊은 부부가 "김치~"를 외쳤다. 두 번 연속으로 사진을 찍고 나서 카메라를 돌려주자 남편이 고맙다며 캔커피를 내밀었다. 아이가 사라다 햄버튼에게 다가가 귀를 만지작거리자, 녀석은 귀찮은지 달리웨이 사장의 발밑으로 느릿느릿 다가가 다리 사이에 몸을 숨겼다.

헤어지기 전에 달리웨이 사장은 R에게 안부를 전해달라고 부탁했다. 언제라도 돌아온다면 환영할 거라고 덧붙이는 그에게 나는, 어디까지나 R의 마음이 중요한 것 같다고 말해주었다. 그녀가 달리웨이를 그만둔 데에는 분명히 그럴 만한 이유가 있을 거라고.

아파트로 돌아오는 길에 R에게 전화를 걸어볼까 하다가 마음을 고쳐먹었다. 꽤 오래 돌아다녀 피곤했는지 사라다 햄버튼이 자꾸 몸을 비벼대며 안아달라고 떼를 쓰기 시작했다. 나는 녀석을 이동가방 안에 넣는 대신 품에 안고 아파트 단지까지 걸어갔다. 간식으로 사온 소시지 토막을 녀석의 입속에 넣어주기도 하면서.

8

진화심리학에서는 인간이 사회성을 가질 수밖에 없는 가장 큰 이유가, 타인과 더불어 살아가는 것이 자신과 가족의 생존과 번영을 위한 최선의 방법이라는 사실을 깨달았기 때문이라고 말한

다. 그렇다면 타인을 위하는 마음 역시 그 기저에는 인간의 이
기심이 작용할 수밖에 없다. 하지만 그 이기가 자신과 더불어
타인에게도 이로울 수 있다면 충분히 환영받을 만한 일이 아닐
까? 당장 수입이 좀 줄더라도 그 줄어든 수입보다 더 가치 있는
일에서 즐거움을 찾는다면, 그 즐거움이 또한 다른 사람들에게도
쉽게 전이될 수 있는 조건을 가졌다면 더더욱…… 물론 사라다
햄버튼처럼 인간이 가진 사회성의 여러 조건 때문에 중성화수술
을 받아야만 하는 소수의 피해자가 생기기도 하지만 말이다.

　R에게 전화가 걸려온 건 샤워 후에 사라다 햄버튼까지 목욕시
키고 녀석의 털을 말려준 다음 막 냉장고에서 꺼낸 차가운 물을
마시며 잠시 숨을 돌리고 있을 때였다. 지하철역으로 R을 마중
나가기 전에 제법 폼나게 녀석의 털을 다듬어주고—빗질이 마음
에 들지 않으면 녀석은 어김없이 내 손가락을 물어뜯었다—내가
좋아하는 허브향 페브리즈도 살짝 뿌려주었다.
　지하철역에서 만난 R은 미니스커트에 청재킷을 입고 있었다.
속눈썹까지 붙이고 화장을 진하게 한 탓인지 평소보다 더 성숙
하고 예뻐 보였다. 그녀의 귓불에 매달려 있는 링 귀고리가 신
경쓰이기도 했지만, 어쨌든 호감이 가는 얼굴임에는 틀림없었
다. 아파트로 들어가기 전에 그녀와 간단하게 장을 봤다. 그녀는
사라다 햄버튼을 위해 특별히 저렴한 가격의 햄버그스테이크용

다진 소고기를, 나는 여섯 개들이 캔맥주 한 묶음과 카레요리에
필요한 감자, 당근, 양파, 돼지고기, 매운맛 카렛가루를 샀다.

내 발소리와 비닐봉지 소리를 일찌감치 알아챈 사라다 햄버튼
은 문이 열리기도 전에 이미 현관 앞을 서성거리고 있었다. 녀
석은 나보다 먼저 들어서는 R을 보고 잠시 멈칫했지만, 이내 그
녀를 알아보고 가랑이 사이를 어슬렁거렸다. 꿈 깨! 나는 녀석
의 머리에 가볍게 꿀밤을 먹인 뒤 부엌으로 향했다. R이 사라다
햄버튼의 앞발을 들어올리며 인사를 나누려 했지만 녀석은 여전
히 먹을거리에만 관심이 있는지 부엌 쪽으로 아쉬운 시선을 던
지며 "야옹!" 소리를 질러댔다.

스테이크소스를 얹은 소고기를 얇게 썰어 사라다 햄버튼의 스
테인리스 그릇에 담아주었다. 녀석은 무슨 횡재라도 한 것처럼
급하게 입을 밥그릇으로 가져갔다. 식사 도중에 "으웅" 소리를
내는 걸 이제껏 한 번도 본 적이 없었기 때문에 녀석의 행동이
신기하게만 보였다.

"역시 전 주인 때문일까?"

"뭐가요?"

식탁에 마주 앉아 카레라이스를 먹으면서 그녀가 물었다.

"사라다 햄버튼에게 소고기 스테이크를 먹인 적이 없었거든."

"유전자가 기억하고 있는지도 모르죠. 과거의 먼 야생에서부
터 이미 소고기 맛을 알고 있었는지도 말예요."

"아무리 먼 과거의 어느 순간이라도 고양이가 소를 사냥할 일은 없었을 것 같은데."

내 대꾸에 R이 살짝 눈을 흘겼다.

"말꼬리 잡긴!"

"『빈 서판』이라는 책에서 읽었는데 말야, 침팬지가 인간의 가정에서 성장해도 인간처럼 말하고 생각하고 행동하지 못하는 건, 십 메가바이트의 DNA정보가 다르기 때문이래. 겨우 십 메가바이트의 DNA정보 때문에! 오 분짜리 야동도 오십 메가바이트는 넘는다구!"

"어떻게 비교를 해도 꼭 그런 것하고만 해요. 저질스럽게!"

R이 미간을 찡그리며 대꾸했다.

"애인에게서 버림받은 상처입은 남자라면 아마 누구라도 그럴 거야." 나는 덧붙였다. "비슷하게 생각하면 사라다 햄버튼을 내가 아무리 가족처럼 생각한다고 해도 녀석이 고양이라는 사실은 절대로 변하지 않는다는 거지. 뭐 그렇다곤 해도…… 내게 좀 특별한 녀석이긴 하지만."

"어떤 점에서요?"

"그건 말할 수 없어. 지극히 개인적인 문제거든."

R은 더이상 질문하지 않았다. 대신 카레라이스를 한 숟가락 입안에 떠넣고는 식당에서 사먹는 것보다 맛있다고 칭찬을 했다. 아침과 점심 사이의 어중간한 식사를 마친 뒤에 우리는 거

실로 자리를 옮겨 커피 대신 캔맥주를 나눠마셨다. 사라다 햄버튼은 그녀와 나 사이에 엎드리고 앉아 고양이세수를 하거나 그녀의 치마에 달려 있는 액세서리를 가지고 장난을 쳤다.

"어머니가 미인이셨군요."

벽걸이 텔레비전 아래 놓여 있는 액자를 보며 그녀가 말했다. 나는 맥주캔을 입으로 가져가며 대답했다.

"인기가 많았던 건 확실해."

"캐나다에서 온 아버지는요?"

"어제 잠시 들렀다가 또 사라져버렸어. 아마 지금쯤 대한민국의 어딘가에서 또 내가 모르는 친구들과 술을 마시며 수다를 떨고 있겠지 뭐."

"알아요?"

"뭘?"

"아버지나 어머니에 대해 이야기할 때면 오빤 늘 시니컬한 표정으로, 시니컬하게 말하지만 실은 두 분을 매우 사랑하고 있다는 생각이 들게 하거든요."

"그랬나? 난 잘 모르겠는데."

무심하게 대답했지만 나는 얼굴을 붉히고 말았다. R은 그런 내 표정을 살피면서 희미하게 미소지었다. 무안해진 나는 소파에서 일어나 장식장 위에 놓여 있는 리모컨을 집어들었다. 파워 버튼을 누르고 이리저리 채널을 돌렸지만 볼 만한 프로그램은 없었다.

"나가서 영화라도 보고 올까?"

그녀는 고개를 좌우로 흔들었다.

"그럼, 산책이라도 나갈까?"

그녀가 다시 고개를 흔들며 싫다고 했다. 나는 리모컨을 제자리에 내려놓았다.

"젊은 백수 둘이서 대낮부터 맥주나 마시며 노는 건 좀 그렇잖아."

말을 마치자마자 '아차' 싶어 그녀의 얼굴을 바라보았다.

"어떻게 알았어요?"

나는 머리를 긁적이며 대답했다.

"사라다 햄버튼을 데리고 공원에 산책을 나갔다가 달리웨이 사장을 만났어."

"언제요?"

"지난주 토요일."

R은 어깨가 들썩일 정도로 크게 한숨을 내쉰 뒤 입을 열었다.

"그럼 제가 그만둔 걸 일부러 모른 척하고 있었던 거예요?"

"뭔가…… 사정이 있을 것 같아서……"

R은 맥주캔을 새로 따서 입으로 가져갔다. 혼자서 몸을 뒤척이며 놀던 사라다 햄버튼이 동작을 멈추고 맥주를 마시는 그녀의 모습을 호기심 어린 눈으로 올려다봤다.

"사장이 많이 아쉬워하는 눈치였어. 갑자기 그만둬버려서 섭섭해하는 것도 같았고."

"사장님에겐 미안하게 생각하고 있어요."

"다른 아르바이트 자리라도 찾은 거야?"

대답 대신 그녀는 다시 맥주를 입으로 가져갔다.

"따지고 보면 비슷한 것도 같아요."

"그럼…… 취직이라도 한 거야? 그렇구나. 그렇다면, 아, 축하할 일인데!"

나는 건배를 하듯 맥주캔을 들어올리며 소리쳤지만 그녀는 담담한 목소리로 대답했다.

"제게 프러포즈한 사람이 있어요."

하마터면 나는 들고 있던 맥주캔을 떨어뜨릴 뻔했다. 깜짝 놀라 옆에 앉은 그녀를 쳐다보았다. 맥주 때문인지 R의 왼쪽 뺨은 발갛게 물들어 있었다. 청혼이라니!

"농담이 좀 심하잖아!"

재미없다는 표정으로 되물었지만 그녀는 진지한 얼굴이었다.

"정말이에요. 달리웨이를 그렇게 그만둔 것도 그 때문이구요."

"프러포즈한 사람이 누군데?"

나도 모르게 목소리가 높아졌다. 사라다 햄버튼이 움찔거리며 일어나 소파 아래로 뛰어내렸다. 내 심기가 점점 더 불편해지고

있음을 눈치챘는지, 녀석은 반쯤 열려 있는 안방 문 안쪽으로
사라져버렸다.

"그런 이야긴 한 번도 한 적이 없었잖아."

"저한테도 갑작스러운 일이에요. 그래서 좀 혼란스러운 것도
사실이고요."

나는 그녀의 이야기를 들으며 달리웨이 사장의 말을 떠올렸
다. 나를 포함해서, 그곳을 드나드는 대부분의 남자들은 바 안
쪽의 아르바이트 여대생들에게 결코 진지하게 접근하는 법이
없다. 한번 찔러나 보고 아니면 그만, 뭐 그런 마음으로 말을 건
네고 수작을 거는 것이다. 나는 R에게 그런 이야기들을 해주었
다. 결코 달리웨이에서 만난 남자들을 믿어선 안 된다고 강조하
면서.

"잊었어요? 오빠 처음 만난 곳도 달리웨이예요. 그리고 걱정
할 필요 없어요. 거기서 만난 남자도 아니니까."

웬일인지 맥이 빠졌다.

"그럼?"

"오빠도 사라다 햄버튼에 대해 말하지 않는 것들이 있잖아
요…… 그 이상은 제 프라이버시예요."

R이 말했다.

남은 맥주를 나눠 마시며 〈로스트〉 시즌5를 두 편 연속해서

봤다. R은 묵묵히 텔레비전을 보는 나와는 달리 미국 드라마에 나오는 한국 여배우를 보면서 그녀가 출연했던 영화들에 대해 수다를 떨었다. 〈쉬리〉나 〈세븐 데이즈〉가 흥행에 성공했던 이유라든가, 적지 않은 나이로 미국 연예계에 진출해 가장 인기 있는 드라마의 주연급으로 출연하게 된 그녀의 아메리칸 드림에 대해, 그녀는 신나게 떠들어댔다. 하지만 웬일인지 그녀의 수다가 길어질수록 나는 점점 더 침울해지고 있었다. 지난번 만났을 때 나눈 키스의 여운이 묘한 울림처럼 다가왔기 때문일까. 아니, 실은 그 이상의 뭔가를 기대하고 있었던 건 아니었을까?

드라마를 보고 난 뒤 R은 베란다로 나가 담배를 피웠다. 나는 소파에 앉아 그녀의 뒷모습을 멍하니 바라보았다. S가 떠난 후 베란다에서 담배를 피우는 여자는 R이 처음이었다. 사라다 햄버튼은 어느새 부엌으로 나가 조리대 위에 엎드려 있었다. 가끔 녀석은 개수대 안에 들어가 낮잠을 자기도 했는데, 고양이카페의 주인은 사라다 햄버튼이 젖먹이였을 때부터 전 주인이 개수대에서 녀석을 씻겨주었을 거라고 추측하기도 했다. 녀석은 개수대 쪽으로 머리를 누이고 한쪽 다리는 조리대 밖으로 내려놓은 채 꼬리를 양옆으로 흔들어대고 있었다.

"저녁은 나가서 먹을까?"

내가 소리치자 R은 거실로 나와 곧장 부엌으로 향했다. 그녀는 쓰레기봉투 속에 담배꽁초를 집어넣고는 조리대 위에 엎드려 있는 사라다 햄버튼을 쓰다듬어주었다. 얼굴을 비비고, 녀석의 배를 아래위로 훑어주고 다시 거실로 나온 그녀가 내게 물었다.

"사라다 햄버튼에게 언제까지 페브리즈를 뿌려줄 생각이에요?"

"어떻게 알았어?"

"나도 집에서 똑같은 걸 사용하거든요."

"냄새가 좋잖아."

"피부에 문제가 생길 수도 있어요."

"수의사도 멀리서 몇 번 뿌려주는 건 괜찮다고 했어…… 그나저나 뭐 먹으러 나갈까?"

내가 다시 물었다.

"근처에 제가 아는 집이 있어요. 가격에 비해 맛이 괜찮아요. 가끔 달리웨이에서 같이 일하는 애들이랑 퇴근길에 들르기도 했어요."

"무슨 요릿집인데 그렇게 늦게까지 문을 여는 거야?"

묻다가, 나는 R의 얼굴을 살피며 손을 내저었다.

"뭐야, 또 술 먹잔 소린 아니지?"

"오늘만요. 전 오늘 꼭지가 돌 정도로 취하고 싶거든요."

"대체 무슨 일이야? 갑자기 달리웨이를 그만둔 것도 그렇고, 프러포즈 얘기도 그렇고."

"글쎄 그러니까요."

그녀는 이미 청재킷을 걸쳐입고 있었다. 무료하게 누워 있던 사라다 햄버튼이 눈을 크게 뜨며 멀리서 나와 그녀를 바라보았다. 나는 녀석이 볼일을 볼 수 있도록 베란다 문을 조금 열어놓고 안방으로 들어갔다. 입고 있던 운동복 위에 다운점퍼를 걸쳐 입고 나오자, 그녀는 벌써 사라다 햄버튼과 작별인사를 나누고 있었다.

R과 함께 들어간 술집은 지하철역에 인접한 상가들 사이에 있었다. 달리웨이에서 걸어서 십 분 정도의 거리. 밖에서 봐선 일본식 선술집인지 한국식인지 잘 분간이 가지 않았다. 일 미터 칠십 센티미터 정도의 보통 체격의 술집 주인은 개량한복을 입고 그 위에 가게 이름이 들어간 앞치마를 두르고 있었다. 주인은 R을 알아보고 다감스러운 목소리로 물었다.

"R짱, 오늘은 근무 안 해?"

"오늘 쉬는 날이에요."

"아, 오늘이 월요일이었구나."

뒤따라 들어오는 나를 잠시 살펴보다가 주인이 "남자친구?" 하고 다시 묻자, R은 애매하게 대답했다.

"아는 오빠예요."

제일 구석에 자리를 잡은 그녀는 떡갈비 이 인분과 데운 정종 두 잔을 시켰다. 나는 점퍼를 벗어 옆에 던져두고는 술집에 대한 감상을 짧게 내놓았다.

"뭐야, 이 어중간한 분위기는……"

"일본식 선술집을 벤치마킹해서 한국식으로 만든 거예요. 정종도 일본산은 없어요. 안주도 모두 한국의 전통음식을 응용한 거고요."

"색다르긴 하네."

"그리고 저분……" R은 술집 주인을 가리키며 말했다. "일본 사람이에요. 한국 여자와 결혼해서 이곳에 정착했죠."

R의 이야기를 듣고 다시 보니 일본 사람처럼 생긴 것도 같았다.

불판 위의 떡갈비는 제법 먹음직스러웠다. 일본식 간장소스에 찍어 상추쌈을 싸서 먹었다. 잘게 썬 고추와 마늘을 된장에 찍어 같이 먹어도 맛이 있었다. 데운 정종은 하얀색 사기병에 담겨 나왔다.

"첫 잔은 가볍게."

그녀가 말했다. 차가운 맥주가 마시고 싶었지만 내색하진 않았다. 오늘은 어쨌든 그녀를 위해 최대한 배려하고 싶었으니까.

R은 생각보다 술을 많이 마시지 않았다. 나도 마찬가지였다. 그녀가 이곳에 온 것은 술 때문이 아니라 다른 이유 때문이었는지도 모르겠다. 그런 생각이 든 건, 뒤늦게 나타난 술집 주인의 한국인 아내를 보고 난 뒤였다. 여느 부부처럼 자연스럽게 이야기를 주고받으며 가벼운 애정표현을 나누는 두 사람은 다정해

보였다. R은 행복해 보이는 두 사람의 모습을 바라보면서 입을
열었다.

"저희 과엔 일본인 교수님이 두 분 계세요."

"참, 일본어 전공이라고 그랬지."

그녀는 고개를 끄덕이면서 말을 이었다.

"남자 교수님과 여자 교수님이죠. 남자 교수님은 올해 일본으
로 돌아가게 되었어요. 홋카이도에 있는 지방 국립대학에 교수
자리가 생겼다구요."

"학생들에게 인기가 많았나?"

"사십대의 독신남이에요. 젠틀하고 친절하고 무엇보다 따뜻한
마음씨를 가진 분이죠."

"여기 주인처럼 키가 작은 건 아니지?"

내 농담에 그녀는 정색하며 대답했다.

"아뇨, 농구선수처럼 키가 큰 편이에요."

"음, 거기다 얼굴까지 잘생겼다면 금상첨화네."

나는 정종을 다시 한 모금 마시고 떡갈비를 상추에 싸서 입으
로 가져갔다. 종일 데이트를 하자고 해놓고는 다른 사람 이야기
나 늘어놓는 R에게 못내 서운했다. 하지만 그녀는 그런 내 마음
을 아는지 모르는지 계속해서 일본 교수에 대해 주절거리기 시
작했다.

"한 번도 말야," 내가 그녀의 말을 잘라먹으며 퉁명스럽게 내

뱉었다. "나에 대해서 이야기한 적이 없잖아. 오늘 만나서 지금까지."

그녀가 말없이 나를 바라보았다.

"사라다 햄버튼 얘기는 그렇다 치고, 느닷없는 프러포즈 얘기에, 그래, 〈로스트〉에 나오는 여배우 얘기까진 참을 수 있었지만, 지금은 아냐. 일본인 교수 이야긴 더이상 듣고 싶지 않거든."

"전 단지……"

"게다가 오늘 하루 종일 데이트를 하자고 한 건 R이었잖아."

내 차가운 말투에 그녀는 길게 한숨을 내쉬며 정종을 입으로 가져갔다. 어색한 침묵이 이어지는 동안 나는 조리실에서 요리를 하고 있는 일본인 남자와 한국인 아내를 말없이 바라보았다.

"혹시 달리웨이를 그만둔 거 말야, 그 일본인 교수하고도 관계가 있는 거야?"

그녀는 대답 대신 다시 두꺼운 사기 술잔을 들어 입으로 가져갔다.

"제 프라이버시니까……"

"말하고 싶지 않단 뜻이군."

R이 고개를 끄덕였다.

"그렇다면 굳이 여기까지 와서 그의 이야길 꺼낼 필요도 없었잖아."

"그래요, 제가 잘못 생각한 것 같아요."

R 역시 무뚝뚝하게 대답했다. 순간 그녀와 나 사이에 작은 틈 같은 것이 생긴 듯 느껴졌다. 잔을 비운 내가 "한잔 더 할래?" 물었고, 그녀는 가만히 고개를 좌우로 흔들며 그만 일어나는 게 좋겠다고 대답했다. 그녀가 먼저 가방을 챙겨들고 밖으로 나갔다. 카운터에서 계산을 하고 나가자, 밖에서 기다리고 있던 그녀가 손을 내밀었다.

"여기서 헤어지는 게 좋겠어요."

"어디 가서 따뜻한 커피라도 한잔하는 게 어때? 날씨도 제법 싸늘해졌는데."

"아뇨, 오늘은 일찍 들어가고 싶어요."

돌아서는 그녀의 표정이 쓸쓸해 보였다. 나는 한동안 그 자리에 선 채로 지하철역 쪽으로 걸어가는 R의 뒷모습을 멍하니 바라보았다. 멀어져가는 그녀의 어깨가 가냘팠다. 어딘가 나사 한두 개가 빠진 듯 개운하지가 않았다. 그녀의 모습이 인파 속으로 완전히 사라질 때까지 나는 어디서부터 잘못되었는지를 곰곰이 따져보았다. ……R에게 프러포즈한 사람이 그 일본인 교수가 아닐까? 일본으로 돌아가기 전에 이 년 동안 간직했던 속마음을 R에게 고백한 것은 아닐까? 그제야 R이 나와 상의하고 싶었을지도 모른다는 데 생각이 미쳤다.

나는 얼른 휴대폰을 꺼내들었다. 그녀의 번호를 누르면서 빠른 걸음으로 지하철역 쪽으로 향했다. 음성안내로 넘어갈 때까지 R은 전화를 받지 않았다. 빌어먹을! 나는 점점 더 걸음을 빨리했다. 역 구내는 사람들로 붐볐다. 나는 곧장 승강장으로 내려갔다. 계속 주위를 두리번거리며 청재킷을 찾았지만 그녀의 모습은 보이지 않았다. 다시 통화버튼을 눌렀지만 이번에는 상대편 전화기가 꺼져 있다는 음성메시지만 흘러나왔다. 나는 승강장 한쪽의 플라스틱 의자에 풀썩 주저앉았다. 멍청한 놈! 대체 무슨 짓을 한 거야! 달리웨이에 찾아와 R에게 집적거리는 다른 놈들이랑 다를 게 없잖아!

9

어머니는 언젠가 실연의 상처가 깊은 여자에게 성급하게 다가가는 것은 결코 현명한 행동이 아니라고 말했다. 어머니가 왜 그런 이야기를 했었는지 지금도 모르겠다. ……분명한 건, 내가 아버지의 친아들이 아니라는 사실이다. 삼 개월 선고를 받은 뒤 어머니는 나와 함께 해외여행을 하고 싶어했다. 나는 여름휴가를 앞당기고 여행사에 들러 여행상품을 골랐다―중국의 장자제(張家界)에 가고 싶었지만 어머니의 몸상태를 생각해서 가까운 일본으로 정했다. 인천국제공항에서 출발해 도쿄와 오사카의 관광지를 둘러보는 3박 4일 일정 프로그램이었다. 삼십대 초반의 재일교포 가이드는 친절했고 함께 여행할 열두 명의 동료들은 점잖았다. 첫날 나리타 공항에 내렸을 때 잠깐 비가 내린 것 말고는 날씨도 화창했고 비즈니스호텔에서 제공되는 식사도 그럭저럭 입맛에 맞았다. 의사소통이 가능할 정도의 일본어 실력을 가진 어머니 덕분에 레인보우브리지와 신주쿠와 시부야의 번화한 도쿄 거리를 자유롭게 돌아다닐 수 있었다. 긴자에 갔을 때에는 와코 백화점에 들러 쇼핑을 했다. 그곳에서 어머니는 세이코 손목시계를 내게 선물해주었다. 오사카에서는 타코야키를 먹었고, 도다이지(東大寺)에 이어 사슴공원을 산책할 때에는 시카센베라는 과자를 백오십 엔에 사서 사슴들에게 나눠주기도 했다. 미시마 유키오의 소설 『금각사』에 나오는 산책길을 나란히 걸으면서 어머니는 처음으로 친아버지에 대한 이야기를 꺼냈다. 어머니는 비교적 무덤덤하게 당신의 과거에 대해 이야기했고, 나 역시 특별한 감정변화 없이 어머니의 얘기에 고개를 끄덕였다. 일본 여행의 마지막 날이었을 것이다. 그때 어머니의 표정은 쓸쓸하지는 않았다. 아련한 과거의 기억을 떠올리듯 금각사 주위를 둘러싼 연못에 눈길을 돌리곤 했을 뿐.

아버지와 함께 공원에 갔을 때 문득 그때의 기억이 떠올랐다. 아버지에겐 말할 수 없었지만 나는 얼룩진 흰색 드레스를 맡기고 미국으로 향해야 했던 어머니의 심정을 조금이나마 이해할 수 있을 것 같았다. 어쩌면 아버지의 말대로 어머니는 정말 나

뻔 마음을 먹고 청태산 휴양림으로 향했는지도 모르겠다.

지하철역을 걸어나오면서 왜 갑자기 어머니의 말이 떠올랐을까. 알랭 드 보통의 말처럼 남자에게는 애인 이전에 어머니가 존재하기 때문에? 아니면 남자들도 마찬가지란 사실을 어머니에게 말하고 싶었던 것일까? 실연의 상처가 깊은 남자 역시 새로운 사랑을 예민할 정도로 경계하고, 그러면서도 그 사랑을 간절히 원한다는 사실을. 얼룩진 흰색 드레스 대신 사라다 햄버튼을 누군가에게 맡기고 싶었고, 그게 R이었으면 하고 나는 바랐는지도 모를 일이었다. 그녀에게 뭐든 의지하며 위로받고 싶었던 것인지도.

하지만 왜 미처 깨닫지 못했을까? 그녀 역시 나와 비슷한 생각을 하고 있었다는 사실을. 그날 이후 나는 틈틈이 R에게 전화를 걸고 문자메시지를 보내고—그녀의 휴대폰은 대부분 꺼져 있었다—달리웨이에 찾아가 그녀가 다니는 학교를 알아내고, 학교에 찾아갈 것인지 그녀에게서 연락이 올 때까지 기다릴 것인지 고민하며 일주일을 보냈다. 그사이 생활은 불규칙적으로 변했다. 무엇보다 나 자신에 대한 실망감이 커졌다. 특히 타인과의 관계에 자신감을 가질 수 없었다. 스스로에 대한 신뢰감 대신 S를 떠나보낼 때 느꼈던 무력감과 비슷한 감정이 밀려왔다. 아파트 밖을 나가는 것조차 무의미하게 느껴졌다. 시간 역시 덧없이 지나가는 것 같았다. 나는 '서든어택'이라는 게임에 빠져 하루에도 수백 명의 테러리스트와 군인 들을 수류탄 혹은 권총이나 라이플, 스나이퍼 용 소총으로 바꿔가며 죽였고, 나 역시 수십 번씩 죽었다 살아나기를 반복했다.

아버지가 다시 아파트로 돌아온 건 그렇게 일주일이라는 시간을 무기력하게 소비해버린 후였다. 개수대 안에는 그릇들이 잔뜩 쌓여 있었고, 집안 구석구석에 컵라면 용기와 빈 캔 들이 돌아다녔다. 사라다 햄버튼은 그새 다시 살이 찌기 시작했고, 고양이털이 날렸고, 아파트 안은 지저분한 냄새로 가득 차 있었다. 아버지는 현관에 들어서자마자 재채기부터 하기 시작했다. 멍하니 앉아 있는 내 뒤통수를 쥐어박고는 창문이란 창문은 모두 열어젖혔다. 거실 소파에 배를 깔고 엎드려 있던 사라다 햄버튼을 베란다로 쫓아내고 진공청소기를 들고 집안 구석구석을 돌아다녔다. 십 리터짜리 쓰레기봉투 두 개가 가득 찬 뒤에야 실내는 어느 정도 예전 모습을 되찾을 수 있었다.

나는 아버지의 명령에 따라 곧장 욕실로 들어가 샤워를 하고 옷을 갈아입었다. 사라다 햄버튼도 목욕시켰다. 그동안 아버지는 마트에 가서 장을 봐오고 밥을 지었다. 내 쪽으로 도마와 칼을 밀어주며 무와 양파와 대파를 썰게 했고, 두부도 한 모 사오게 했다.

두부찌개와 함께 하얀 쌀밥으로 식사를 하는 게 며칠 만이었는지. 아버지는 정말 나를 살리기 위해 캐나다에서 날아온 것만 같았다.

"우리 시대엔 말이다," 식사를 끝낸 뒤 설거지를 하는 내게 아버지는 조심스럽게 말을 건넸다. "젊은 베르테르의 슬픔 같은 실연은 이십대에 한번쯤 겪어야 하는 일종의 관문 같은 거였단다."

"그런 얘길 들을 기분은 아닌걸요."

나는 고무장갑을 끼고 그릇을 닦으면서 대답했다.

"난 단지 네가 좀더 성숙한 어른으로 성장하는 과정에 있다는 말을 하고 싶었을 뿐이란다."

"전 아버지가 생각하는 것만큼 그렇게 괜찮은 아들이 아닐지도 몰라요."

"그런 건 내게 별 의미가 없어. 싫든 좋든 넌 내 아들이니까."

가슴이 답답해져서 더이상 아버지의 말을 들을 수가 없었다. 나는 그대로 돌아서서 화장실로 들어갔다. 세면대 앞에 우두커니 서서 고무장갑을 벗어던지고 차가운 물에 세수를 했다. 한 번, 두 번, 세 번…… 한참을 얼굴에 물을 끼얹고 나서 거울을 들여다보았다. 입술은 부르트고 눈은 충혈되고 얼굴색은 창백했다. 나는 거울 속의 나에게 물었다. 넌 어쩜 이렇게 나약한 거야…… 나는 수건으로 얼굴을 닦고 심호흡을 하고 다시 거울 앞에 서서 다짐했다. 절대로 약해지지 말자.

"방 안에만 틀어박혀 있지 말고 일을 좀 해보는 것도 괜찮을 것 같은데."

내가 욕실에 들어가 있는 동안 설거지를 마무리한 아버지가 전화번호가 적힌 메모지를 내밀었다.

"저도 알아보고 있는 중이에요."

"그러지 말고 여기에 전화를 걸어보렴."

"이곳이 어딘데요?"

아버지가 건네준 메모지를 들여다보며 묻자, 아버지는 어깨를 으쓱이면서 대답했다.

"그냥 좀 아는 곳이다. 내 이름을 대고 아들이라고 밝힌 다음, 한 달 정도 파트타임 잡을 원한다고 하면 알아서 해줄 거야."

"아버지가 하는 일과 관계가 있는 건가요? 전 아버지처럼 손재주를 타고나지 못했어요."

"돈 워리. 그렇게 힘들거나 어려운 일은 아닐 거야."

나는 잠시 아버지의 얼굴을 바라보았다. 어머니와 마찬가지로 아버지의 얼굴을 이렇게 가까이서 오랫동안 들여다본 적이 없다는 사실이 새삼 신기했다.

"언젠간 깨닫게 될 거야. 지금 네가 겪고 있는 불안이, 아픔이, 절망이 결국 너 자신을 더 강하게 만들어준다는 사실을 말이다."

"그래서 얻는 게 뭐죠?"

"글쎄다." 아버지는 희미하게 미소를 지으며 말을 이었다. "라이프겠지. 인생."

"인생이란 게 뭔데요?"

"계속 어려운 질문만 하는구나." 다시 아버지는 미소를 지었다. "목수가 되기 전에 말이다, 내가 원하던 대학에 세 번이나 낙방을 했어. 서울도 아닌데다 이름도 생소한 지방대학에 다니게 되었을 땐 나 자신이 너무 한심하게만 느껴졌고, 절망한 가운데 군대에 갈 수밖에 없었어. 물론 제대 뒤엔 더 답답한 운명이 기다리고 있었지만……"

"할아버지 할머니 말씀이시군요."

"그래, 두 분 다 연탄가스 사고로 돌아가시고…… 내겐 더이상 공부할 수 있는 여건조차 마련되지 않았어."

잠시 말을 멈춘 아버지가 내 옆모습을 힐긋거리며 말을 이었다.

"대학 중퇴생에게 주어지는 일자리란 뻔했지. 그래서 선택한 길이 목수였단다. 힘들고 어려운 결정이었지."

"하지만 지금은 좋아하시잖아요."

"좋아하게 되기까지 꽤 많은 시간이 필요했어…… 하나를 얻기 위해선 다른 하나를 포기할 줄도 알아야 한다는 평범한 진리 같은 것 말이다."

"그게 연륜이고 인생을 알아간다는 뜻인가요?"

아버지는 아무런 대꾸도 하지 않았다. 다만 내 얼굴과 베란다에 누워 있는 사라다 햄버튼을 번갈아 보고는 식탁 의자에서 일어나 천천히 거실로 나갔다. 그리고 텔레비전 장식장 앞에 서서 어머니 사진이 들어 있는 액자를 집어들었다.

"네 엄말 만나기 전까진 말이다, 나는 결혼이라는 것에 대해 한 번도 생각해본 적이 없었단다. 아니 어떻게 살아갈 것인지에 대해서 아예 생각 따위를 하지 않았지."

"전 아버지와 어머니를 보면서 사르트르와 시몬 드 보부아르를 떠올리곤 했어요. 계약결혼 같은 것 말예요. 서로에게 독립적이면서도, 부부로 살아가는."

"네가 그렇게 느꼈다면 네 엄마와 나 사이에 문제가 있었던 것 같구나. 우린 네 생각처럼 그렇게 모던하지도, 특별하지도 않았으니까."

아버지는 액자를 다시 장식장 위에 올려놓고는 내 쪽으로 다가왔다. 나는 아버지에게 커피가 담긴 머그컵을 건네주었다.

"내겐 네 엄마가 첫사랑이었어. 더이상 외톨이로 지내지 않아도 된다는 건 내게 큰 위안이 되었지. 덕분에 어른이 되는 데에는 아주 오랜 시간이 필요했지만."

"엄마에게 진짜 사랑이 있었다고 생각하세요?"

"늘…… 그렇게 생각하고 있었던 것 같아."

"그걸 알면서도 결혼을 결심하신 거군요."

"음, 불행하게도 말야. 나 역시 네 엄말 진심으로 사랑하고 있었으니까."

나는 아무 말도 할 수가 없었다. 다만 아버지가 어머니를 여전히 사랑하면서도 왜 그렇게 쉽게 이혼을 결심했는지 궁금했다. 조심스럽게 그 말을 꺼내자 아버지는 들고 있던 머그컵으로 나를 가리키면서 말했다.

"네 엄만 동생을 가지길 원하지 않았거든."

"이해가 잘 되지 않아요. 두 분 다 늘 외로워하셨잖아요."

아버지는 다시 침묵을 지키다가 말을 이었다.

"네 엄만 나와 새로 태어날 네 동생 대신 너를 선택한 거야."

"뭣 때문에요?"

있을 수 없는 일이었다. 하지만 아버지는 아무 대답도 하지 않았다. 다만 커피를 한 모금 마시고 수목원에서처럼 내 머리를 '툭' 치면서 미소를 지을 뿐이었다.

10

기억 속에 남아 있는 아버지와 어머니는 언제나 친구 같은 모습이었다. 두 사람 사이에 어떤 갈등이 있었다 하더라도 나는 결코 눈치채지 못했을 것이다. 아버지와 어머니가 이혼할 때 나는 아직 어린 중학생이었고, 주변에서 벌어지는 일들에 대해 잘 알지 못했다. 어쩌면 이혼하기 훨씬 전부터 두 사람에게는 나를 포함한 어떤 문제들이 있었는지도 모르겠다. S가 갑자기 나를 떠난 것이 아니라는 사실을 애써 인정하고 싶지 않았던 것처럼 말이다. 어쩌면 나는 이제껏 내가 기억하고 싶은 것들만을 선별적으로 기억하려 애썼는지도 모른다. 아버지와 어머니의 관계가 그랬고, 나와 S와의 관계가 그랬다.

어머니가 왜 동생을 가지려고 하지 않았는지, 그것이 정말 나를 위해서였는지, 나는 더이상 생각하고 싶지 않았다. 다만 왜 아버지가 밖으로만 돌아다녔는지 그리고 어머니가 그런 아버지의 행동에 왜 아무런 제약도 하지 않았는지에 대해서 어렴풋이 알 것도 같았다. 현실에서의 사랑은 결코 낭만적이지도 아름답지도 않다.

그날 나는 아버지와 오랫동안 이야기를 나누었다. 성인이 된 후 아버지와 이렇게 많은 이야기를 주고받은 적이 없었다. 커피를 두 잔이나 더 마시고 저녁땐 탕수육과 소주로 메뉴를 바꾸어 이야기를 이어갔다. 아버지는 어머니를 만나기 전의 청년 시절과 캐나다에서의 생활에 대해서 얘기해주었다. 나타샤가 보기와는 다르게 매우 가정적이라는 사실을 이야기할 때에는 '가족'이라는 단어를 여러 번 반복해서 사용하기도 했다.

"아버진 제가 캐나다에서 살길 바라는군요."

"음, 그건 나타샤의 생각이기도 하니까."

"나타샤가 나를 '가족'으로 생각할 만큼 우린 그렇게 자주 만나지도 못했잖아요."

"나타샤에겐 그런 건 중요한 문제가 아니란다."

"그럼 뭐가 중요한 거죠?"

"우리가 패밀리란 사실이지."

"오늘 '가족'이란 단어를 몇번이나 반복하신 줄 아세요?"

"그만큼 소중한 것이니까, 수십 번을 반복한다고 해도 나쁠 건 없지." 아버지는 사라다 햄버튼을 가리키며 말을 이었다. "저 녀석이 이곳에서 유일한 네 가족이 될 수 있었던 이유 뭘까?"

"한마디로 말하긴 뭣하지만…… 어쩌다보니 녀석과 정이 들어버린 건 분명한 사실이에요."

아버지는 말없이 고개를 끄덕였다.

"나타샤가 인연을 소중하게 여기는 이유도 바로 그 때문이야. 사람 사이의 관계라는 것은 어느 한쪽에만 위안을 주는 게 아니니까…… 덧붙여, 어떤 관계에서건 사랑의 힘이 결코 평형을 이룰 수 없다는 것도 말해주고 싶구나."

"어느 한쪽이 헤어지기를 원한다거나 반대로 가슴 아파하는 것 모두 사랑이 가진 습성이란 말씀인가요?"

"그래, 그래서 우린 사랑을 통해서 인간의 가장 밑바닥에 숨어 있는 본성을 배울 수 있는지도 몰라."

"아픈 만큼 성숙해진다는 노랫말처럼요."

"낫 — 배드, 낫 — 배드."

"전 항상 나쁘지 않은 비유를 써왔어요."

아버지는 내 얼굴을 바라보면서 윙크를 했다. 나 역시, 목수가 되지 않았다면 보르헤스 같은 작가를 꿈꿨을 거라고 말하는 아버지의 생각이나 말투가 좋았다. 달리웨이 사장의 말처럼 남자는 가정을 꾸리고 직책을 가지게 되면서 권위적이고 세상에서 가장 고리타분한 생각을 가진 사회적 동물로 변해가기 마련이다. 가진 것을 잃지 않기 위해 노력하고, 변화에 민감해지고, 새로운 것들을 받아들이는 일에 능동적이지 못한 것이다. 그런 면에서 나는 운이 좋은 편이었다. 적어도 아버진 여전히 나와 비슷한 청년으로 살아가려고 노력하고 있으니까.

다음날에도 아버지는 아파트에 머물러 있었다. 우리는 늦은 아침을 먹었고, 정오쯤엔 아버지의 장모로부터 전화가 걸려와 나타샤가 진통을 시작했다는 소식을 전해들었다. 아버지가 다시 침대로 돌아가 낮잠을 즐기는 동안 나는 아파트에서 나와 미용실에 들러 머리를 다듬고 아버지가 가르쳐준 번호로 전화를 걸어 면접 약속을 잡았다. 수화기 저쪽의 여자는 매우 친절했다. 아버지를 처음부터 끝까지 선생님이라고 불렀으며 내 이름 뒤엔 꼭 '씨'자를 붙여주었다. '씨'라는 의존명사 때문에 나는 갑자기

말쑥한 어른이 되어버린 느낌이었다. 돌아오는 길에는 R의 대학에 잠시 들렀다. 기말고사가 끝나지 않은 교정은 숙연함마저 감돌았다. 일자리가 줄면서 우리나라 대학생들의 학구열은 그와 반비례로 높아진 것 같았다. 나는 빨간 벽돌 건물의 로비로 들어가 학생들에게 일본어과 사무실을 물었다. 안경을 쓴 한 여학생이 건물 사층에 있다고 친절하게 알려주었다.

엘리베이터에서 내리자마자 개인 사물함들이 보였다. 사물함에 붙은 이름표들을 차근차근 훑어봤지만 R의 이름은 찾을 수 없었다. 이름표가 떨어져나간 사물함이 많았는데 R도 그중 한 개를 사용하는 모양이었다.

학과 사무실에는 두 명의 여자가 근무하고 있었다. 한 명은 조교인지 나이가 좀 들어 보였고 나머지 한 명은 앳된 얼굴이었다. 나는 학과 사무실 한쪽 벽에 붙어 있는 일본어과 학생들의 사진과 그 아래 적힌 학번을 멍하니 쳐다보았다. 그러고 보니 R의 증명사진을 한 번도 본 적이 없었다. 그녀의 사진은 가운데쯤 붙어 있었는데, 고등학교를 졸업하면서 찍은 것인지 지금보단 훨씬 더 어려 보였다.

"어떻게 오셨습니까?"

조교가 물었다. 나는 고개를 꾸벅하고 나서 R을 찾아왔다고 말했다.

"R이요?"

조교가 되물었고, 나는 벽에 붙어 있는 그녀의 사진과 학번을 가리키며 다시 대답했다.

"네."

"핸드폰으로 연락해보시죠?"

조교의 말에 옆에 있던 앳된 여자가 "지금 시험중일 텐데요"라고 귀띔해주었다.

"어차피 전화 받지 않을 거예요. 그 녀석, 제게 화가 많이 나 있을 테니까요…… 그래서 부탁 좀 드리려고 찾아왔습니다."

나는 편지봉투를 꺼내 조교에게 내밀었다. 두 사람은 무슨 일인지 짐작이 간다는 듯 킥킥거리며 웃어댔다.

"남자친구세요?"

나는 고개를 좌우로 흔들어댔다. 그리고 편지봉투 뒤쪽에 붙어 있는 사진을 가리켜 보였다.

"제가 기르고 있는 고양이의 보모 역할을 해주기로 했거든요."

사진 속에는 사라다 햄버튼을 안은 R이 환하게 웃고 있었다. 고양이카페에 갔을 때 카페 주인이 즉석에서 찍어준 폴라로이드 사진이었다. 그리고 그 밑에는 그녀가 직접 쓴 문구가 날짜와 함께 적혀 있었다.

'사라다 햄버튼이 다이어트에 성공할 때까지.'

조교와 앳된 여자는 사진을 내려다보며 다시 킥킥거렸다. 사진 속에서는 사라다 햄버튼이 카메라 렌즈를 노려보며 불만 가득한 표정을 짓고 있었다. 녀석을 제대로 찍은 몇 안 되는 사진 중의 하나였지만 그 사진 속 사라다 햄버튼을 볼 때마다 R은 살찐 제임스 딘이 생각난다고 농담을 던지곤 했다.

　　"이 편지를 R에게 전해줬으면 합니다."

　　"직접 전해주시는 게 좋지 않겠어요?"

　　조교가 말했다.

　　"……R이 아직 화가 나 있을 것 같아서요."

　　"바람이라도 피우셨나요?"

　　"아닙니다, 그런 건. 그럴 만한 사이도 아니구요."

　　나는 고개를 좌우로 흔들었다. 조교는 앳된 여자에게 동의를 구하듯이 시선을 마주치고는 흔쾌히 그렇게 해주겠다고 말했다. 나는 고마움의 표시로 그녀들에게 미니 초코바를 선물했다. 학과 사무실을 나오기 전에 여기 일본인 교수들이 어떤지 물어보자, 조교는 모두 좋은 분들이라고 대답하고는 히라야마 교수님이 올해 일본으로 돌아가게 되어서 너무 아쉽다고 덧붙였다.

　　"학생들에게 인기가 많았나보군요."

　　"네?"

　　"그 히라야마라는 분요."

　　"아, 네……"

조교는 고개를 끄덕였다.

"그럼요. 존경받을 만한 분이에요."

옆에 앉아 있던 앳된 여자가 끼어들었다. 두 사람의 표정으로 그 일본인 교수의 이미지를 떠올려볼 수 있을 것 같았다. '굿—맨' 혹은 '좋은 사람'이라는 사실에 대해서.

11

면접은 열시 정각에 시작해서 오 분 만에 끝이 났다. 면접관은 오십대 중반쯤으로 보이는, 흰색 와이셔츠에 검은 정장 재킷이 잘 어울리는 사람이었다. 그는 아버지와 어머니에 대해, 그리고 왜 병원을 그만두게 되었는지 물었다. 나는 솔직하게 대답했다. "어머닌 암으로 돌아가셨습니다"라는 나의 말에 남자의 시선이 잠시 창밖을 향한 것 외에는 별다른 인상을 받지 못했다.

회사는 신촌에 있었다. 열 명의 디자이너가 근무하고 있는 중간 규모의 디자인회사였는데, 내가 해야 할 일은 대부분 충무로와 신촌을 오가며 잡다한 심부름을 하는 거였다. 비록 삼 주 동안뿐이었지만, 오전 아홉시부터 오후 세시까지의 근무시간에, 월요일부터 금요일까지 주급 삼십만원이면 괜찮은 아르바이트

자리였다. 아버지가 어떻게 디자인회사에까지 연줄이 닿아 있었는지 궁금했지만 일부러 물어보지는 않았다. 그날 오후 아버지는 사회로의 나의 복귀를 축하해주었고, 내가 단 삼 주일 뿐이라고 강조했지만 아버지는 그런 건 중요한 게 아니라고 했다.

"문젠, 지금 당장 네가 일할 수 있다는 바로 그 사실이란다."

사람들에겐 누구나 어떤 불리한 순간에 직면해 있다 하더라도 언제든 새로운 길을 모색할 수 있는 계기가 있다는 말도 덧붙였다.

"지금이 바로 그때란 말씀이시군요."

"한번 도망치기 시작하면 그뒤는 알 수가 없게 되어버려. 그럴 바엔 차라리 자신의 불운한 운명과 맞서 싸우는 편이 훨씬 낫지."

"불운한 운명과요?"

"음…… 체념하거나 포기하는 것보단 어떤 고난에 처해 있든 항상 희망을 품고 노력하는 자세가 너희 같은 젊은이들에겐 필요한 거니까."

"맞는 말씀이지만, 제가 불운한 운명을 들먹일 만큼 고난에 처해 있다곤 생각하지 않아요."

"바로 그거야. 그런데도 넌 그렇게 행동하고 있었던 거야."

나는 얼굴이 발개져서 아무 대꾸도 하지 못했다. 아버지의 말대로 나는 요 며칠 스스로 불행한 운명을 떠안으려 애쓰고 있었다.

"곧 통나무축제가 시작될 거다. 난 당분간 강원도를 벗어날 수가 없을 거야. 물론 그전에 나타샤가 내게 세상에서 가장 사랑스런 딸을 선물해주겠지만…… 어쨌든 그때까지 내 아들이 더이상 히키코모리처럼 행동하는 걸 두고 볼 순 없어. 알겠니?"

나는 아버지와 눈을 마주치지 못하고 고개만 끄덕였다. 아버지는 만족스러운 표정으로 소파에서 일어났다.

"자, 이젠 녀석에게 저녁을 줘야겠구나."

아버지의 말에 고양이집에 누워 있던 녀석이 얼른 눈치를 채고 창가로 다가와 서성거렸다. 아버지는 부엌에서 먹다 남은 돈가스 조각을 들고 나왔다.

"돼지고기는 안 돼요. 지금 녀석, 다이어트중이거든요."

내가 손사래를 치자, 아버지는 다시 윙크를 하면서 농담처럼 말했다.

"Let's just have leftovers. 그냥 있는 음식으로 대충 때우자."

사회생활을 하면서 느끼는 가장 중요한 것들 중의 하나가 바로 긴장감이다. 적당한 스트레스는 인간의 정신을 맑고 건강하게 만들어준다. 물론 사 개월 가까이 무질서하게 지내온 생활이 갑자기 규칙적으로 변할 리는 없었다. 첫날부터 삼십 분 가까이 지각을 해서 나를 담당하게 된 이대리라는 사람에게 잔소리를 들어야만 했다. 하지만 티타임 겸 오전회의가 끝난 뒤에는 나를 한쪽 회의실로 불러내 첫 임무에 대해 친절하게 설명해주었다. 그는 개인적인 감정 때문에 아침부터 싫은 소리를 한 게 아님을 먼저 밝힌 뒤, 의뢰받은 상품의 포장디자인과 관련된 시장조사를 해야 한다며 디지털카메라와 교통카드를 건네주었다. 경리과에 들러 경비를 받아가라고 덧붙이면서 구입해야 할 책의 목록을 적어주기도 했다.

나는 대형 할인매장과 백화점, 을지로 지하상가를 돌며 경쟁업체에서 이미 판매하고 있는 상품들의 포장과 재질을 확인하고 사진을 찍었다. 사진을 찍을 수 없거나 어떤 재질인지 알 수 없는 것들은 따로 샘플링을 했고, 이대리가 적어준 외국 서적들을 구입하기 위해 충무로와 홍대 앞, 청계천에 있는 수입책 전문서점들을 돌아다녔다.

일이 마무리되었을 때는 오후 세시가 훨씬 지나 있었다. 현장에서 바로 퇴근하라는 이대리의 전화를 받았지만 샘플로 구입한 물품들과 관련 서적들을 들고 집으로 가고 싶지는 않았다. 일산으로 돌아가기 전 회사에 들러 구입한 서적과 물품 들을 현금영수증과 함께 이대리에게 건네주었다. 툴바를 이용해 일러스트 작업을 하고 있던 그는 엉겁결에 내가 건네준 물건들과 책을 받고 영수증과 잔돈은 봉투에 넣어 경리과에 제출했다. 건물 로비에 있는 자판기에서 커피를 뽑아 건네면서 수고했다는 말도 잊지 않았다.

"다리 아프지? 우리 회산 복장에 관대한 편이니까 내일부턴 편안한 옷에 운동화를 신고 오는 게 좋을 거야. 생각보단 걸어 다니는 시간이 많을 테니까."

그는 내가 신고 있는 구두를 내려다보며 말했다.

"그러잖아도 신발 때문인지 발뒤꿈치가 아리는 것 같아요."

나 역시 검은색 정장구두를 내려다보며 대꾸했고, 그는 시간을 확인하고는 말을 이었다.

"그러니까…… 어쨌든 일부러 회사에 들러줘서 고마워. 내일 출근하면서 가져와도 되는데 말야."

"이대리님은 언제 퇴근하세요?"

"이번 프로젝트가 끝날 때까진 매일 야근을 해야 할 거야." 그는 한숨을 쉬더니 덧붙였다. "그래도 우리 사장님, 꽤 괜찮은 사람이야. 회사 분위기도 좋은 편이고."

일이 있어 올라가봐야겠다고 말하는 그에게 나는 꾸벅, 고개 숙여 인사를 했다. 순간 히라야마라는 일본인 교수가 떠올랐다. 세상에는 그래도 나쁜 사람보단 좋은 사람들이 많이 살고 있는 게 분명하다는 이상한 생각을 하면서.

일주일이 어떻게 흘러갔는지 모르겠다. 그동안 나타샤는 예쁜 딸아이를 순산했다. 나타샤가 카이저 퍼머넌트라는 웨스트 LA에 위치한 병원에서 여동생을 순산하던 시각에 나와 아버지는 깊은 잠에 빠져 있었다. 서울과 캘리포니아의 시차는 열여섯 시간이었다. 잠결에 장모의 전화를 받은 아버지는 방 안을 뛰어다니며 좋아했다. 아파트의 불을 켜고, 나를 깨우고, 부엌 냉장고에서 맥주를 꺼내 마시면서 자축을 했다. 장모에 이어 나타샤와 통화를 하고 휴대폰으로 전송되는 여동생의 동영상을 바라보며 아버지는 세상에서 가장 행복한 사람의 표정을 지었다. 그런 아버지의 모습을 보다보니, 문득 새로운 세상을 대하듯 매순간 가슴이 설렌다고 말하던 달리웨이 사장이 떠오르기도 했다. 아직 눈도 뜨지 못한 여동생은 생각보단 예쁘지 않았지만—막 태어난 신생아들이 모두 그렇다지만—사라다 햄버튼 같은 고양이가 아니라 진짜 가족이 생겼다는 사실에 나 역시 기분이 좀 이상해졌다. 통화를 끝내기 전에 아버지가 전화기를 건네주었고, 나는 나타샤와 한국어로 인사를 나누었다. 한국어학당에서 삼 년 동안 공부했던 나타샤는 제법 능숙하게 우리말을 할 수 있었다. 통화를 끝내기 전에 나타샤가 물었다.

"캐나다에 오는 거지? 아버지가 얼마나 K를 걱정하는지 알아?"

"말만으로도 고마워요."

"아니, 그런 말 하는 거 아냐."

정색하며 말하는 나타샤의 표정이 눈앞에 그려졌다.

"한쪽 귀로 듣고 한쪽 귀로 흘려보내지 마. 진지하게 생각하는 거야, 알겠지?"

폴더에서 흘러나오는 그녀의 목소리에 진심이 묻어났다. 전화를 끊고 난 뒤에도 아버지와 나는 한동안 흥분을 감출 수 없었다. 아파트 상가에 있는 편의점에 가서 맥주와 감자칩과 사라다 햄버튼에게 줄 치즈소시지를 사와 분위기를 이어갔다. 아침해가 떠오를 때까지 우리는 새로운 가족의 탄생을 축하했다. "네 엄마도 분명히 축하해줬을 거야." 아버지는 어머니의 사진을 바라보며 건배했다.

그날 아침 일찍 통나무축제와 관련된 일들 때문에 아버지가 강원도로 출발한 후 나 역시 곧장 출근 준비를 했다.

고양이탐정으로부터 전화가 걸려온 건 시장조사에 이어 아이디어 회의가 진행중일 때였다. 이대리를 포함해 이번 프로젝트에 참가하는 팀원들 모두 회의실에 모여 상품 콘셉트에 맞는 아이디어 스케치에 관한 의견을 나누고 있었다. 사장이 함께한 자리여서 그런지 모두들 평소보다 긴장한 모습이었다. 휴대폰을 진동모드로 바꾸어놓지 않은 바람에 사람들의 눈총이 나에게로 쏠렸다. "죄송합니다." 나는 급히 회의실을 빠져나왔다. 휴대폰 폴더를 열자마자 고양이탐정이 다짜고짜 말을 꺼냈다.

"사라다 햄버튼은 잘 지내죠?"

"아, 안녕하세요."

"연락이 없어서 먼저 전화드렸습니다."

고양이탐정은 오랜만에 만나는 후배에게 안부라도 묻듯 넉살 좋게 말을 이었다. 나는 휴대폰을 왼손에서 오른손으로 바꿔잡았다.

"아직 결정을 내리지 못했어요."

"그렇군요……"

고양이탐정은 잠시 말을 끊고는, 크리스마스 시즌에는 일을 하지 않는다고 덧붙였다. 그러고 보니 크리스마스가 가까웠다. 문득 쓸쓸함이 더해졌다. 올해는 홀로 거실 소파에서 영화나 보며 크리스마스이브를 보내게 될 터였다.

"PK라는 분의 바뀐 핸드폰 번호를 알아냈습니다."

"핸드폰 번호를요?"

"네, 필요하시면 번호를 가르쳐드릴 수도 있습니다."

하지만 나는 그의 말에 아무 대답도 할 수 없었다.

"그런데 그 양반…… 고양이를 돌려주려는 사람이 혹시 S라는 여자분이냐고 묻더군요. 내가 아니라고 했더니 죄송하다고만 하면서요."

언제부턴가 나는 S가 갑자기 자카르타로 떠난 이유가 나 때문이 아닐 수도 있다는 생각에 두려워지기 시작했다. 그런 생각이 들게 된 건, 고양이탐정을 만난 뒤부터였다. 하지만 막상 그 순간에 직면하자 의외로 담담했다. 침묵이 이어지는 동안 S가 처음으로 내게 헤어지자고 말하던 순간이 떠올랐다. 일요일이었고, 늦은 아침을 먹은 뒤였다. 그녀는 언제나처럼 티셔츠에 팬티 차림으로 베란다에 나가 담배를 피웠다. 내가 설거지를 하는 사이 그녀는 빨래를 개고 청소를 했다. 먼저 일을 끝내고 소파에 앉아 〈1박 2일〉 재방송을 보고 있던 S에게 오랜만에 드라이브라도 나갈까, 넌지시 물어봤지만 그녀는 아무 대답이 없었다. 설거지를 마무리하고 커피를 타서 그녀 옆으로 다가가 앉았다. 전날 저녁 대형 할인마트에서 구입한 인스턴트 카푸치노였다. 그녀에게 머그컵을 내밀었다.

"맛이 별로인 것 같아. 담엔 카페라테를 사봐야겠어."

"자카르타에 가게 됐어."

……나는 양손에 머그컵을 든 채 한동안 그녀의 얼굴을 멍하니 바라보았다. 그녀가 무슨 이야기를 하고 있는 건지 알 수가 없었다.

"뜬금없이 무슨 소리야?"

"미안해."

그녀는 아무 설명 없이 곧장 자리에서 일어났다. 나는 머그컵을 테이블 위에 올려놓고 그녀를 따라 일어섰다. S의 팔목을 잡고 무슨 소리냐고 다시 물었다. 그녀는 내 손을 뿌리치는 대신 나를 힘차게 끌어안았다. 그녀의 머리칼에서 내가 좋아하는 샴푸향이 났다. 나는 S의 양어깨를 잡아 가만히 밀치며 다시 물었다.

"무슨 소리냐니까!"

"이 년 계약으로 그곳에 있는 한국국제학교에서 아이들을 가르치기로 했어."

"한 번도 그런 말 한 적 없잖아."

"그래서 지금 말하잖아."

무슨 말부터 꺼내야 할지 알 수 없었다. 그녀의 어깨를 잡은 양손에 힘이 들어갔다. 나를 올려다보던 S의 눈에서 갑자기 눈물이 떨어져내렸다.

뭣 때문에 눈물을 흘리는 거지?

그 순간부터였다. 머리에 커다란 구멍이라도 뚫린 듯 아무 생각도 할 수가 없었다. 그녀가 내 곁을 떠나려 한다는 사실 또한 믿기지 않았다. 그녀와는 사소한 의견 충돌 한번 없었다. 지난 한 달, 아무리 헤집어봐도 S와 나는 즐거운 시간을 보내고 있었다. 우리는 여름휴가를 외국에서 보내기 위해 각자 비상금을 내놓기로 했고, 아파트 베란다를 정원처럼 꾸밀 근사한 계획도 세웠다. 회사에 나가지 않는 휴일에는 될 수 있으면 함께 식사를 하자는 약속도 했을 것이다. 무엇보다, 이별을 이야기하기엔 일요일 정오의 날씨는 너무 좋았다. 베란다 창으로 맑고 투명한 햇살이 쏟아져들어와 인도고무나무와 선인장과 수반 위의 수생식물을 비추고 있었다. 이렇게 평온하고 한가로운 일요일 정오에, 그러나 S는 내게 떠나겠다고 말하고 있었다.

"이해할 수가 없어."

내가 그녀에게 했던 마지막 말이었다. 모든 것이 현실처럼 느껴지지 않았다. 그래서였는지도 모르겠다. 곧 깨어날 꿈처럼 담담하게 그녀를 대했던 것은. 그후로 오랫동안 나는 그날의 행동을 후회하고 있었다. 그녀와 좀더 많은 이야기를 나누어야만 했었다. 그리고 그녀의 마음을 돌릴 수 있도록 최대한 그녀를 붙잡아두었어야만 했었다.

"여보세요?"

고양이탐정의 목소리가 다시 흘러나왔다.

"문자로 넣어주실 수 있습니까?"

나도 모르게 튀어나온 말이었다.

"문자로요? 네, 그렇게 하지요."

"……"

"제가 괜히 전화를 드린 건지도 모르겠습니다만……"

전화를 끊기 전에 고양이탐정이 말했다. 그렇게 생각할 필요가 없다고 대답하면서, 나는 사라다 햄버튼이 베란다로 찾아온 것처럼 고양이탐정이 나를 찾아온 것도 어쩌면 운명 같은 것이 아니었을까 생각하기도 했다. 그 운명의 방향은 알 수 없다 하더라도 말이다.

조금쯤 침울해진 기분이었다. 휴대폰을 진동모드로 바꿔놓자마자 새로운 문자가 도착했음을 알리는 메시지가 떴지만, 메시지를 확인해볼 마음은 생기지 않았다. 나는 폴더를 열어 문자를 확인하는 대신 휴대폰을 주머니에 넣고 곧장 사무실로 들어갔다. 회의실에서는 여전히 여러 의견들이 오가는 중이었다. 나는 구석자리에 앉아 직원들의 이야기에 귀를 기울였다. 상석에 앉아 있던 사장이 턱을 괸 채 나를 잠시 바라보았다. 나는 어색하게 고개를 끄덕여 보이고는 이대리와 팀장이 나누는 대화를 열심히 듣는 척했다.

이대리로부터 나를 면접했던 사람이 사장이라는 이야기를 들었을 땐 기분이 좀 묘했었다. 어디선가 본 듯한 낯익은 얼굴이 그랬고, 나를 바라보는 그의 눈빛이 따뜻하게 느껴진 것도 이상했다.

첫번째 기획회의에서는 아무도 만족스러운 결과를 얻지 못한 것 같았다. 이대리 역시 무거운 표정으로 회의실을 빠져나갔다. 사람들은 저마다 기지개를 켜거나 담배를 피우거나 커피를 찾아 사무실이나 복도로 향했다. 나는 마지막까지 회의실에 남아 있다가 의자를 정리하고 탁자 위에 흩어져 있는 서류를 모아 철을 해두었다. 이대리가 나를 부른 건 그때였다. 그의 책상 위에는 이번 프로젝트와 관련된 기획서와 콘티와 제품 샘플과 목록 들이 어지럽게 놓여 있었다. 그는 수화기를 들다 말고 나를 향해 "오늘 해야 할 일은 말이지……" 하고 운을 뗀 뒤 사장실을 가리켜 보였다.

"회의가 늦게 끝나는 바람에 K가 해야 할 일이 어중간해져버렸어. 그래서 말야, 오늘은 사장님을 좀 도와드려야 할 것 같은데."

"사장님을요?"

"응." 그는 고개를 끄덕이며 말을 이었다. "부담 가질 건 없어…… 운전할 수 있지?"

"네."

"좋아, 그럼 지금 떠날 준빌 하는 게 좋겠어."

"어딜 가는데요?"

"교외에 있는 식당이라는데, 클라이언트를 만나는 거니까 약속시간 안에만 도착하면 돼……"

그때 그의 책상 전화가 울렸다. 그는 두번째 벨소리가 울리기도 전에 수화기를 들었다. 인쇄소 같은 곳에서 걸려온 전화인가 보았다. 그는 도무송이니 PS판이니 하는 용어를 섞어가며 이야기를 주고받았다. 나는 통화가 끝날 때까지 그의 책상 앞에 엉

거주춤 서서 버티컬블라인드가 처진 사장실 쪽을 슬며시 바라보
았다.

그랜저XG였다. 오토매틱에, 타고 다닌 지는 사 년이 조금 넘
었다고 했다. 사장은 뒷좌석에 앉아 서류를 꼼꼼하게 읽고 있었
다. 이대리는 갑자기 잡힌 약속이라고 했다. 내비게이션은 목적
지를 향해 가장 빠르게 갈 수 있는 길을 찾아주었다. 분당-수서
간 고속도로로 막 접어들었을 때였다.
"여자친구와 헤어졌다고 했던가?"
"네."
룸미러를 통해 사장과 눈을 맞추며 대답하자, 그는 방음벽이
설치된 도로변을 바라보면서 쓸쓸한 미소를 지었다.
"나도 자네 나이 때였던 것 같아. 너무 오래전 일이라 기억이
좀 가물거리지만 말야. 그후로 오랫동안 난 새로운 사랑을 찾을
수가 없었지."
'그후로 오랫동안.'
그 말이 이상하게 가슴에 와 닿았다. 그러고 보면 어머니도
그랬던 것 같다. 캐나다로 이민을 간 아버지도 그랬고, 나 역시
S와 헤어진 뒤로 가슴속 깊이 어떤 아련한 응어리를 품은 채 살
아가고 있었다. 그후로 오랫동안.
클라이언트를 만나기로 한 곳은 분당에 있는 중국식당이었다.

약속시간에 늦지 않게 도착해 내심 안심이 되었다. 식당의 테라스는 대나무와 중국풍의 연못과 진시황릉의 병마용갱에서나 보던 진나라 병사의 조각상으로 장식되어 있었다. 사장이 광고주를 만나 미팅을 하는 동안 나는 테라스가 바라다보이는 창가에 앉아 딤섬과 중국식 수프로 간단하게 점심식사를 했다. 그리고 정원 한켠에 있는 라탄 소파에 앉아 고양이탐정이 보낸 문자메시지를 확인했다. 010으로 시작하는 PK의 휴대폰번호를 내려다보면서, 나는 몇 번이고 통화버튼을 누를 것인지 말 것인지를 망설였다.

도대체 무엇을 두려워하는 거야? 그렇게 다시 또 자문하고 있을 때, 휴대폰이 드르르르, 진동을 시작했다. 화면에 나타난 R의 이름과 번호를 확인하는 순간, 일종의 안도감 같은 것이 느껴졌다. 그녀의 목소리가 흘러나올 때까지 나는 숨을 죽이고 귀를 기울였다.

"잘 있었어요?"

의외로 R의 목소리는 상냥했다.

"응."

나는 짧게 대답한 후 침묵을 지켰다.

"어제 학과 사무실에 들렀다가 오빠 이야길 들었어요."

나는 어색한 말투로 겨우 대답했다.

"통화가 안 되어서 찾아간 거였어. 기분 나빴다면 사과할게."

"아뇨, 그렇게 생각할 필요 없어요. 모두들 사라다 햄버튼 사진 보고 귀엽다고 좋아하던데요."

"마지막 시험이었지?"

"네…… 이젠 홀가분해요. 일본어능력시험이랑 겹쳐서 한동안 정신이 없었지만요."

"아, 다행이다."

"뭐가요?"

"그날 이후 R이 내게 화가 많이 나 있을 거라고 생각했거든."

"그렇게 생각했다면 오히려 제가 미안해요. 말했다시피 정신이 없었으니까……"

나는 안도의 한숨을 내쉬었다. 뭔가 막혀 있던 가슴 한쪽이 후련해진 느낌이었다. 나는 의자 등받이에 몸을 기대고 하늘을 올려다봤다. 전날부터 날씨가 꽤 쌀쌀해지고 있었지만 기분은 상쾌했다.

"스무 살 때인가, 〈고양이를 부탁해〉란 영화를 봤어."

"알아요. 저도 좋아하는 영화예요."

"거기 지영이란 여자아이가 나오는데 말야, 텍스타일 디자이너가 되고 싶었지만 가난한 집안 형편 때문에 꿈을 펼칠 수 없었지. 그리고 증권회사에 들어간 혜주라는 아이도 결국 학력의 벽을 넘지 못하고 좌절감을 맛보게 되고."

"공감이 갔던 문제들이었어요." R이 대답하곤, 농담처럼 덧붙였다. "오늘은 오빠가 영화 이야길 하네요."

"그런데 말야, 난 실은 거기 나왔던 배두나가 좋았어. 두 번인가 세 번인가 반복해서 본 것도 그 영화가 특별히 좋아서가 아니라, 배두나란 배우 때문이었어."

"무슨 뜻이에요?"

"그냥…… 말해주고 싶었어. 난 어쩌면 다른 사람을 배려할 줄도 모르고, 그 사람들의 아픔을 이해하지도 못하는 철없는 어린아이에 불과한지도 모른다는 생각이 들어. S가 떠난 것도 그런 이유 때문인지도 모르겠어."

"자책할 필욘 없어요."

"그래, 자책할 필요까진 없겠지만," 나는 잠시 말을 끊었다가 다시 물었다. "만날 수 있을까?"

"사라다 햄버튼을 제게 부탁하려구요? 영화에서처럼?"

나는 헛웃음을 터뜨린 뒤 대답했다.

"뭔가 못다 한 이야기들이 있었던 것 같아서."

"오빠가요? 아니면 제가요?"

"우리 둘 다."

잠시 침묵을 지키던 R이 대답했다.

"이번주라면 괜찮아요."

전화를 끊기 전에 나는 R에게 고맙다고 했다. 마음 한켠에선 그녀가 내 부탁을 거절하지 않을까 조금쯤 불안했던 때문이었다. 약속장소를 정하고 나서 나는 잠시 라탄 소파에 그대로 앉아 있었다. 식당 안을 흐르는 음악은 에피톤 프로젝트의 〈봄날, 벚꽃 그리고 너〉라는 피아노곡이었다. 점심식사를 하면서 듣기에 꽤 괜찮은 곡이었다. 벚꽃이 만개한 중국인 거리에서 처음 S를 만났을 때도 이 음악처럼 아련한 무언가가 있었다. 하지만 지금은 가을을 지나 겨울이 오는 계절. 내 마음 역시 이미 삭막한 겨울로 들어섰는지도 모른다. 외톨이처럼 혼자 쓸쓸해하면서. 나는 천천히 소파에서 일어나 인공연못 앞으로 걸어갔다. 사장은 아직 미팅이 끝나지 않았는지 아무런 연락이 없었다. ……하지만, 겨울 뒤에는 반드시 벚꽃 피는 계절이 다시 돌아온다. 연못 위의 수련은 아직 연녹색 빛깔을 잃지 않고 조용히 물 위에 떠 있었다. 내년 여름이 되면 수련 역시 화려한 꽃망울을 피우겠지만, 그때의 꽃잎보다 시련을 견뎌내는 지금의 단아한 모습이 내게는 더 아름다웠다.

13

드디어 데릭이 한국에 도착했다. 아버지는 데릭을 마중하기 위해 당신의 흰색 당나귀인 GM의 픽업트럭을 몰고 인천국제공항으로 향했다. 아르바이트를 이 주 정도 하는 사이 나는 일찍 일어나 아침을 챙겨먹고 샤워를 하고 지하철역까지 걸어가는 일에 익숙해지고 있었다. 사장과 함께 분당에 다녀온 후로는 이상하게 그와 함께하는 시간이 많아졌다. 아르바이트생이 나 외에도 두 사람—모두 디자인을 전공하는 학생이었다—이 더 있었기 때문인지도 모른다. 나는 심부름을 나가는 대신 그의 기사 역할을 하거나 전화를 대신 받아 메모를 하는 등 사장의 전반적인 스케줄 관리를 맡아 했다. 자연스럽게 사장과 이야기를 나눌 수 있는 시간도 늘어났다. 사장이 아직 독신이라는 사실도 그래서 알게 되었다. 만나는 여자친구는 있지만 결혼을 생각한 적은 없다고 말했을 때는, 잠시 어머니의 모습이 떠오르기도 했다.

그날은 거래처 홍보팀의 프레젠테이션이 지연되는 바람에 점심시간을 놓치고 말았다. 치킨버거와 콜라를 양손에 든 채 도로와 인접한 놀이터 등나무 벤치에 앉아 늦은 끼니를 대충 때우고 있는데, 어린 손자와 함께 산책을 나온 할머니가 나와 사장을 바라보며 인사를 건넸다. "부자지간에 참 보기 좋구려." 그때는 그저 웃음으로 받아넘기고 말았는데, 퇴근길 지하철 안에서 문득 사장의 얼굴이 나와 꽤 닮았음을 깨닫게 되었다. 처음부터 그가 낯설지 않았던 것도 그 때문인 듯했다. 돌연 머릿속이 어지럽고 가슴이 울렁거렸다. 설마, 설마, 설마…… 집으로 돌아오는 내내 입안에서 그 말만 맴돌았다.

아버지가 데릭을 아파트로 데려올지도 몰라, 일단 나는 청소부터 시작했다. 근처 재래시장에서 김밥을 사고 소고깃국을 끓였다. 사라다 햄버튼과 함께 샤워를 하고 나왔을 때는 일곱시가 넘어 있었다. 아직 아버지로부터는 아무 연락이 없었다. 옷을 갈아입고 스킨을 바르고 사라다 햄버튼에게 페브리즈를 살짝 뿌려준 뒤에 전화를 걸었다. 긴 신호음 끝에 아버지의 목소리가 흘러나왔다. 그들은 곧장 강원도로 향하고 있었다. 시끄러운 말소리— 대개는 한국어였지만 간간이 영어가 섞여 나오기도 했다—가 배경음악처럼 흘러나왔다.

"아파트로 모시고 오는 것 아니었어요?"

"데릭의 제자가 나만 있는 건 아니니까…… 지금 통나무학교로 가는 중이야."

"청소도 하고 저녁 준비도 끝내 놓았는걸요."

"아아, 미안하구나. 여기 사람들과 어울리느라 연락한다는 걸 깜박했어."

거기까지 말하고는, 아버지는 사람들을 향해 소리쳤다.

"데릭! 우리 아들이야."

"오, K! 나이스 투 미츄."

멀리서 데릭의 허스키한 목소리가 들려왔다. 그는 뭐라고 더 이야기를 했지만, 내가 알아들을 수 있는 말은 '덤프트 바이(dumped by)'와 '걸프렌즈'라는 단어뿐이었다. 주위에서 다른 남자들의 목소리가 연이어 터져나왔다. 대부분 '이런!'이라든가 '안됐군'

'곧 좋은 여자가 생길 거야' 하는 식의 위로의 말들이었다. 나는 고개를 좌우로 흔들면서 휴대폰을 귀에서 떼고 멍하니 바라보았다.

아버진, 친구들에게 아들의 사생활까지 말하고 다니는 거야!

"어쨌든 오늘은 혼자서 자유로운 시간을 즐기렴. 우린 통나무 학교에서 근사한 바비큐 파티를 열 예정이니까."

아버지의 목소리가 다시 흘러나왔다. 나는 너무 과음하지 말라고 당부한 후 사장에 대해 물었다.

"그런데 아버지, 물어보고 싶은 게 있는데요."

"뭔데?"

"아버지가 소개해준 아르바이트 말예요. 거기 사장님과 어떤 사이세요?"

잠시 침묵이 흘렀지만 평소와 다름없는 목소리가 이어졌다.

"그냥 안면이 좀 있는 사이야. 내가 아는 사람이 어디 한둘이냐?"

"이상하게 들릴진 모르겠지만, 그분이 저랑 많이 닮았단 생각이 들었어요."

내 말이 끝나자마자 아버지의 짧은 탄성이 터져나왔고, 아아, 조심해서 운전하라구! 사람들의 타박이 이어졌다.

"지금 운전중이라 통활 오래 못 하겠어. 두 시간쯤 뒤에 다시 전화하겠니."

전화는 그렇게 끊어졌다. 나는 잠시 휴대폰을 쥔 채 식탁 의자에 가만히 앉아 있었다. 금각사의 산책로를 돌면서 어머니는 당신의 생애를 후회한 적이 한 번도 없었다고 했다. 내게 친아버지의 존재에 대해 밝히지 않은 것만 빼고는. 그건 왜냐고 물었을 때, 어머니는 대답했다. "네 동의도 구하지 않고 네 인생의 소중한 한 부분을 지우려 했으니까. 내가 세상에서 가장 사랑하는 아들의 인생을 말야." 나는 팔짱을 끼는 어머니의 손등을 어루만지면서 미소를 지어 보였다. 어쩌면 이미 오래전부터 나는 친아버지의 존재를 자연스럽게 받아들이고 있었는지도 모르겠다. 그날 어머니의 고백에도 전혀 동요하지 않았던 것도 그 때문이었다. 하지만 어머니는 친아버지가 어떤 사람인지, 한마디도 하지 않았고, 나 역시 어머니에게 묻지 않았다. 캐나다로 떠나긴 했지만 이미 내게는 친절하고 유쾌한 아버지가 있었고, 나는 그에게서 부정(父情)을 충분히 느끼고 있었으니까. 나는 길게 한숨을 내쉬며 사라다 햄버튼을 바라보았다. 녀석은 소파에 엎드린 채 졸고 있었다.

"사라다 햄버튼."

녀석이 꼬리를 살랑거렸다. 내가 이름을 부를 때마다 녀석은 계속해서 꼬리를 흔들었다. 나는 녀석의 등을 쓸어주고, 귀밑을 간질여주었다.

······하지만, 퇴근하는 내내 말로는 표현하기 어려운 어떤 기

분에 휩싸여 있었다. 지나가던 할머니의 대수롭지 않은 인사말에 불과했지만, '부자지간'이라는 말을 듣는 순간, 곧장 면접 때 사장의 얼굴이 떠올랐다. 어머니가 암으로 죽었다고 했을 때의 그의 표정과 시선을. 게다가, 할머니의 말을 들은 후 사장은 회사에 도착할 때까지 단 한마디도 없이 깊은 생각에 빠져 있었다.

다시 부엌으로 들어가 저녁을 챙겨먹었다. 남은 김밥은 랩에 싸서 냉장고에 넣어두고 텔레비전을 켰지만, 볼 만한 프로그램이 없었다. 방으로 들어가 컴퓨터를 켜니, 어느 연예인의 자살사건으로 포털사이트의 게시판이 뜨거웠고, 청년실업자 수가 1997년 IMF 이후 최대라는 뉴스도 한켠을 차지하고 있었다. 오랜만에 동문 카페에 글을 남기고 구인사이트에 들어가 방사선사 자리가 없는지 꼼꼼하게 살펴봤다. 종합병원은 아니지만 개인병원이나 의원에서 방사선사를 구한다는 게시물은 꾸준하게 올라오고 있었다. 그중 집에서 가장 가까운 병원을 찾아 이력서와 자기소개서를 이메일로 보낸 후 이대리에게 전화를 걸었다. 사장과 함께하는 시간이 좀 부담스럽다고 조심스럽게 말을 꺼냈다. 다른 아르바이트생들처럼 충무로를 오가면서 심부름이나 하고 싶다고.

"그쪽 일이 더 편안할 텐데."

"예, 알고 있습니다. 하지만 출근해서 퇴근할 때까지 사장님과 함께한다는 게 좀 어려워서요."

"사장님과 무슨 문제가 있는 건 아니지?"

"아뇨, 그런 건 전혀 아니에요."

이대리는 길게 한숨을 내쉰 뒤에 한번 알아보겠다고 하고는 말을 이었다.

"그런데 말야, 사장님이 K를 좀 특별하게 생각하시는 것 같아서…… 그래서 그동안 얘기도 못 꺼냈는데, 실은 이번 프로젝트, 일손이 많이 부족하거든. 아르바이트생 두 명으론 사실 좀 벅차."

"사장님이 절 특별하게 생각하신다구요?"

"난, 아니 회사 사람 모두가 그렇게 생각하고 있을걸. 전공자가 아닌 사람을 뽑은 것도 처음이고, 사장님이 직접 아르바이트생을 챙긴 적도 당연히 없었으니까." 잠시 뜸을 들인 뒤 이대리가 다시 말을 이었다. "그래서 K 아버님과 우리 사장님이 절친한 친구 사이일 거라고, 뭐 그런 소문만 무성한 것 같아."

아버지가 특별하게 생각하는 친구들이 많긴 하지만 사장에 대한 이야기는 한 번도 들은 적이 없었다.

"사실 저도 그렇게 추측하고 있었어요."

이대리의 웃음소리가 수화기를 타고 넘어왔다.

"그러니까…… 그 문젠 내일 출근해서 다시 이야기하자구. 그나저나 크리스마스가 가까워지는데 너무 쓸쓸한 것 같아. 노총각의 삶이란 말야."

이대리는 '그러니까'라는 단어를 자주 사용하는 것 같았다.

나는 아버지에게 전화를 거는 대신 앨범을 펼쳐들었다. 아버지와 어머니의 신혼 시절부터 내 첫돌 기념사진까지, 그리고 대학을 졸업하고 일을 시작했던 근래의 모습까지 고스란히 담겨 있는 앨범이었다. 언젠가 왜 백일사진은 없냐고 물은 적이 있었는데, 어머니는 그때 아무 말도 해주지 않았다. 어머니가 미국에서 구 개월 만에 돌아왔다는 사실을 아버지에게 들었을 때, 그 구 개월의 시간이 나와 관련이 있을 거라고 막연하게 짐작한 적이 있었다. 그때부터였는지도 모르겠다. 내가 친아버지라는 존재에 대해 어설프게나마 느끼고 있었던 것은.

14

강원도에 첫눈이 내렸다. 늦잠을 자는 바람에 우유와 계란프라이로 간단하게 아침식사를 하고 사라다 햄버튼에겐 사료를 준 뒤 급하게 지하철역으로 뛰어갔다. 아슬아슬하게 지각은 면했지만, 이대리로부터 호출을 받고 회사 건물 일층에 있는 스타벅스로 내려갔다. "아침 못 먹었지?" 아메리카노와 치즈가 토핑된 샌드위치를 주문하면서 그가 물었다.

"아, 이제야 살 것 같다!"

로비가 내다보이는 유리벽 앞에 앉아, 커피를 한 모금 마시고는 이대리가 말했다.

"어제도 야근하셨어요?"

"열심히 해야지. 요즘은 다들 그런걸 뭐. 그러지 않으면 버틸수가 없어."

"그래도 이대리님은 처음부터 이쪽 일을 하고 싶었다면서요. 저 같은 경우엔 취업이 잘된다고 해서 전공을 그쪽으로 선택한걸요."

"그래서 후회하고 있는 거야?"

"그런 건 아니지만…… 그래도 이대리님이 저보다는 낫지 않을까요."

"남의 떡이 커 보이는 법이지." 그는 아직 온기가 남아 있는 샌드위치를 입으로 가져가며 말을 이었다. "사실 처음 그림을 그리기 시작했을 때는 말야, 아그리파나 줄리앙을 데생하면서 이중섭이나 박수근 같은 화가를 꿈꿨어. 전공을 디자인으로 바꾼 건 순전히 먹고살기 위해서였다고. 어느 순간이 되면 이상과 현실을 적절히 조율해야 하는 시기가 오거든…… 그나저나, 야! 이거 맛있는데. K도 식기 전에 먹어봐."

나는 그를 물끄러미 바라보았다.

"출근하자마자 스타벅스로 내려가자고 해서 깜짝 놀랐어요."

그는 들고 있던 샌드위치 조각을 입안 가득 밀어넣고는 잠시 기다려달라는 표시로 손바닥을 펼쳐들었다.

"사장님 명령이야. K와 이야길 해보라시더군." 입안의 샌드위치를 씹으며, 이대리는 겨우 말을 이었다. "그리고 계산서 끊었잖아. 이거, 사장님이 쏘는 거니까 부담 가질 필요 없어."

그가 웃음을 터뜨렸지만 나는 따라 웃을 수 없었다. 나는 무덤덤하게 간밤에 했던 이야기를 되풀이했다.

"그러니까, 사장님과 단둘이 있는 시간이 거북하단 이야기잖아."

"네."

"그냥 심부름이나 하면서 서울 시내를 돌아다니는 편이 훨씬 마음 편하고 말야."

"그런 셈이죠."

"하지만 K는 사장님이 주급 삼십만원에 고용한 고용인일 뿐이야. 계약서까지 썼으니, 사장님 명령에 따르는 건 당연한 얘기고."

"그것도 맞아요."

"그러니까 말야, K는 왜 K 생각만 하는 거지? K도 이제 스물여섯이잖아. 어엿한 성인이라구."

이대리는 하품을 한 뒤에 아메리카노를 한 모금 마셨다.

"K는 말야, 말로는 사장님의 특별대우가 불편하다고 푸념을 하지만, 내가 보기엔 그 반대거든. 마치 아버지에게 떼를 쓰는 철없는 막내아들처럼 보인다니까."

정말 그 사람 아들일지도 몰라요. 나는 하마터면 그렇게 말할 뻔했다. 어쩐지 고개가 끄덕여졌다. 미숙한 행동에 반성하고 있다고 말하자, 이대리는 내 표정을 살피며 덧붙였다.

"그렇다고 K를 나무라는 건 아냐. 단지 직장생활에서의 에티켓 정도를 말해주고 싶었을 뿐이니까. ……회사라는 곳은 말야, 각자 다른 생각과 가치를 가진 사람들이 함께하는 곳이잖아. 서로 조금씩 배려하지 않으면 분위기는 금방 살벌해진다구. 그러잖아도 K에 대한 사장님의 특별대우 때문에 다른 알바생들은 불만이 많았거든. 그리고 K에겐 미안한 말이지만, 나 역시 기분이 썩 좋진 않았어. 밤늦게 전화해서 사장님과 함께 일하는 것이 부담스럽다느니 했던 것 말야."

나는 다시 한번 고개 숙여 죄송하다고 말했다. 그는 손을 좌우로 흔들었다.

"아니, 그런 뜻으로 한 말이 아니라니까! 어차피 이번주 금요일이면 계약이 끝나잖아. 오늘이 화요일이니까 이제 사흘 하고 반나절이면 우리 회사와도 '사요나라'라구. 알겠지? 내가 무슨 말을 하고 있는지."

"네."

"사장님이 왜 그렇게 K에게 애정을 가지고 있는진 모르겠지만, 나라면 사장님에게 좀더 잘해드릴 거야."

"제가 너무 경솔했던 것 같아요."

"뭐 그럴 수도 있지…… 하지만 명심하라구, 진실한 마음처럼 남을 배려하는 건 없다는 걸."

이대리는 어깨를 으쓱이며 대꾸했다. 스타벅스 안은 모닝커피를 마시려는 직장인들로 붐볐다. 모두들 상기된 얼굴로 커피를 마시며 이야기를 나누고 사무실로 향했다. 로비에 걸려 있는 시계는 어느새 열시를 가리키고 있었다. 이대리는 마지막 한 모금의 커피를 마셨다.

"자, 그럼 올라가볼까?"

나는 말없이 고개를 끄덕이며 일어났다. 이대리는 내가 손대지 않은 샌드위치를 포장해달라고 해서는 내게 건네주었다.

다시 말하지만, 인간은 사회적 동물이다. 혼자서 살아갈 수 없는 존재로서 혹은 사회 속에서 혼자서 잘 살아갈 수 없는 존재로서 말이다. 물론 나는 후자 쪽이다. 돌아보면 서툰 인간관계 때문에 의도와는 다르게 오해를 사거나, 결과가 나빴던 경우가 허다했다.

어머니와 아버지는 그런 부분에서 그다지 세심한 분들은 아니었던 것 같다. 어릴 때부터 유치원이나 교회 같은 곳에서 또래 아이들과 어울리는 법을 배우거나 보이스카우트에 가입해 캠핑을 가거나 리틀 야구단에서 야구경기를 하면서 동료애나 스포츠맨십을 익혔다면, 지금보다는 나았을지도 모르니까. 하지만 나 역시 홀로인 내 생활에 만족했던 것 같다. 그 '만족'이라는 것이 타인과의 관계에서 오는 것이 아니라 나 자신만의 것이긴 했지만 말이다.

어쨌든 그날은 이대리의 말과 달리 퇴근할 때까지 사장의 얼굴을 볼 수 없었다. 오전에는 사무실에서 어중간하게 시간을 보냈고, 점심식사 후에는 이대리와 함께 홍대 근처에 있는 출력실을 방문했다. 이대리는 본격적인 인쇄에 들어가기 전 자신이 디자인한 시안을 꼼꼼하게 점검했다. 핀을 맞추고 색상을 보정하면서 출력실 담당자와 의견을 교환하는 이대리의 모습은 열정적이었다. 아르바이트를 하는 동안 이대리의 그런 모습은 자주 목격할 수 있었고, 그것은 고스란히 병원에서의 내 모습을 떠올리게 만들었다. 취업률 백 퍼센트라는 문구에 혹해서 들어간 학과일 뿐이라고 말하기엔, 내 생각이 너무 단순했다. 출력 담당자와 이야기를 나누던 이대리가 잠시 나를 돌아보며 손목시계를 가리켰다. 퇴근시간이었다. 나는 엉거주춤 인사를 한 뒤 출력실을 나왔다.

크리스마스가 이 주 앞으로 다가오자, 가로수에는 꼬마전구들이 달리고, 구세군이 등장하고, 거리 곳곳에 캐럴이 울렸다. 나는 다운점퍼의 옷깃을 여미며 담담해지려 애썼다. 벚꽃이 만개한 중국인 거리에서 S와 마주친 후, 나는 매년 그녀에게 크리스마스카드를 보냈다. 대개는 크리스마스케이크와, 중저가의 칠레산 와인과 함께였다. 작년에는 직접 만든 카드를 교환하고, 새벽세시까지 어머니가 아꼈던 도나 베르나다에 후추가 들어간 살라미를 곁들여 먹었다. 소파 위에서 진한 사랑을 나누고 잠이 든 우리는 감기 때문에 일어나지 못했다. 이틀 뒤, 내가 근무하는 병원에서 나란히 주사를 맞을 때까지. 그리고 칠 개월 뒤, 그녀는 내게 말했다. "자카르타로 가게 됐어."

지하철역에 막 들어서는데 사장의 문자메시지가 도착했다. 저녁을 같이 하자는 내용이었다. 나는 한참 동안 휴대폰 액정화면을 바라보다가 답장을 보냈다. 좋습니다. 곧장 사장으로부터 전화가 걸려왔다. 약속시간과 장소를 정하고 전화를 끊었을 때 거리는 이미 온통 회색빛이었다.

15

혈연…… 불행하게도 내게는 이제 혈연의 끈으로 연결된 사람이 단 한 명도 남아 있지 않다. 어머니가 떠난 후 나는 혼자였다. 친아버지에 대한 존재를 떠올리기 전까지 나는 분명히 그렇게 생각하고 있었다.

사장은 평소와 달리 캐주얼한 차림이었다. 정장 코트 대신 하늘색 오리털점퍼를 걸친 그는 나이보다 십 년은 젊어 보였다. 칠 년 전 처음 이쪽에 회사를 차렸을 때부터 단골인 순댓국밥집이 있다고 사장은 말했다. 홍대 앞의 번화한 거리에서 조금 벗어나자 골목 안쪽에 커다란 가마솥이 끓고 있는 식당이 나타났다. "괜찮지?" 사장이 국밥과 소주를 시켰다.

"네."

나는 물수건과 수저를 사장 앞에 나란히 내려놓았다.

"일은 좀 어때?"

마주 앉은 사장이 다시 입을 열었다.

"다들 잘해주셔서 힘든 건 없습니다."

사장은 고개를 끄덕이며 소주 뚜껑을 땄다. 그가 내 잔에 술을 따랐고, 소주병을 받아 나 역시 그의 잔에 술을 따랐다. 뚝배기에 담긴 순댓국밥이 나오자 사장이 건배를 청했다.

"아버지와는 언제부터 친구 사이셨어요?"

술잔을 다시 채운 후 조심스럽게 묻자, 그는 국밥을 먹다 말고 고개를 좌우로 흔들었다.

"잘못 알고 있군. 친구라고 하기엔 좀 애매한데……"

"네?"

그는 대답 대신 술잔을 먼저 들었다.

"여기 순대는 새우젓에 찍어 먹어야 맛있어." 그러고는 나를 바라보며 다시 말을 이었다. "나와 있는 게 부담스럽다고?"

"사장님이시니까요…… 사실 학교 다닐 때부터 그랬어요. 선생님들도 그렇고, 어른들과 함께하는 게 익숙하지가 않아서요."

"집에서도 외톨이처럼 지냈단 말인가?"

"네…… 아니, 중학생이 된 후론 줄곧 어머니하고만 살았거든요. 아버진 재혼을 해서 캐나다로 떠나고 할아버지와 할머니는 제가 태어나기도 전에 돌아가셨으니까요."

"친척들도 없고 말야."

"두 분 다요. 그래서 어머닌 늘 혼자 살아가는 법을 터득해야 한다고 말씀하셨죠."

"G다운 생각이군."

사장이 혼잣말처럼 내뱉었다. G라는 이름이 왠지 낯설지 않다 싶었는데, 문득, 그것이 어머니의 이름임을 깨달았다. 사장은 나를 의식했는지 곧 화제를 돌렸다.

"단지 그 때문인가?"

아무 대답도 할 수 없었다. 어머니의 이름을 알고 있는 사람, 그 이름을 이렇게도 자연스럽게 내뱉을 수 있는 사람은 이 세상에 단 한 명뿐일 것이었다. 이명이 오듯 귀가 멍멍해지고 콧마루가 시큰거렸다.

"무슨 뜻이신지……"

입이 겨우 떨어졌다. 사장은 숟가락을 들다 말고 넌지시 나를 바라보았다.

142

"나와 있는 게 불편한 이유 말이네."

"네…… 그런 것 같습니다."

사장은 무슨 말인가 하려다 말고 다시 숟가락을 입으로 가져갔다. 그릇을 모두 비울 때까지 사장도 나도 더이상 입을 열지 않았다. 퇴근시간이 가까워오자, 술국을 먹으려는 손님들이 더해지면서 식당은 야시장처럼 활기차게 변해갔다. 계산을 하고 밖으로 나오자 거리는 어느새 어둠에 싸여 있었다. 구불구불한 골목길을 내려오면서 사장이 먼저 침묵을 깨뜨렸다.

"이제 며칠 남지 않았군."

"이번주 금요일까지니까요."

"좀더 있고 싶다면 도와줄 수도 있는데."

"아뇨, 제 일이 있는걸요. 벌써 이력서도 한 군데 보냈습니다."

"병원 말인가?"

나는 말없이 고개를 끄덕였다. 다시 대화는 끊어졌다. 지하철을 타려면 홍대 쪽으로 돌아가야 했다. 사장은 회사에 볼일이 있는지 신촌으로 가야 한다고 했다. 골목길이 끝나는 큰길에서 사장에게 고개 숙여 인사하자, 그는 손을 들며 어색하게 웃어 보였다.

"일이 끝난 뒤에도 가끔 만날 수 있으면 좋겠군."

사장의 말에, 나는 아무 대꾸도 하지 않았다. 대신 지난밤에 앨범에서 찾은 사진 한 장을 그에게 내밀었다. 사진을 받아드는 사장의 두 눈이 금세 붉어졌다. 그는 눈을 몇 번 깜박이더니 길게 한숨을 내쉬었다.

"제 첫돌 사진입니다. 옆에 계신 분이 어머니구요."

"어머니가 미인이셨군."

"어머닌, 제가 아버질 많이 닮았다고 말하곤 했어요."

사장은 세상에서 가장 소중한 물건을 대하듯 조심스럽게 사진을 받아들었다. 체크무늬 남방을 입고 네 개의 금반지를 양쪽 손가락에 낀 채 의자에 앉은 나는 갓 자라기 시작한 앞니를 드러내 보이며 환하게 웃고 있었고, 어머니는 사랑스러운 눈길로 그런 나를 내려다보고 있었다.

"자넨 별로 변하지 않은 것 같군."

"다들 그렇게 말하긴 하더군요."

나는 미소를 지으며 대답했다.

사장은 한참 동안 사진을 들여다본 뒤 내게 돌려주었다. 나는 고개를 좌우로 흔들었다.

"다음에 돌려주세요."

"내일 아침 일찍 부산으로 출장을 떠나야 하네. 어쩌면 다음 주까지 그곳에 있어야 할지도 모르겠어."

"상관없어요. 사장님 말씀대로 일이 끝난 뒤에도 가끔 뵙고 이야길 나누는 것도 좋을 것 같거든요."

사장은 입술을 굳게 다문 채 고개를 끄덕이더니 내게 손을 내밀었다. 마주 잡은 그의 손에서 온기가 느껴졌다. 콧등이 시큰거려왔다. 근처의 커피숍 안쪽에서 캐럴이 흘러나왔다. 사장은 잠시 주위의 거리와 가로수를 둘러보더니 흐뭇한 표정으로 말했다.

"자네만 좋다면 나야 언제든."

16

'그린피아 ×동에 사는 사람입니다. 제 아파트로 고양이 한 마리가 들어와 같이 살게 되었습니다. 아메리칸쇼트헤어 종이고, 저하고 산 지는 사 개월이 조금 넘어갑니다. 고양이탐정으로부터 당신의 이야기를 듣고 문자메시지를 보내게 되었습니다. 실종신고를 한 적이 있었다구요. 연락 바랍니다.'

PK에게 문자를 보냈다. 사장은 금요일이 될 때까지 부산에서 돌아오지 않았다. 마지막 날은 업무가 비교적 수월하게 끝났다. 점심때에는 이대리가 다른 아르바이트생과 함께 중국식당에 데려가 밥을 샀다. 늘 행운이 함께하길. 이대리는 그런 식상한 표현으로 작별인사를 대신했다. 삼 주밖에 안 되는 짧은 기간이었지만 사람들과 꽤 정이 들어 아쉬움이 남았다.

집으로 돌아가는 길에는 교보문고에 들러 촘스키의 책과, '열정'이라는 제목이 붙은 폴 포츠의 CD를 샀다. 마트에서 장을 보고 있을 때 이력서를 넣었던 병원에서 보낸 문자메시지가 도착했다. 아쉽게도 서류전형에서 탈락했다는 내용이었다.

기막힌 타이밍이군. 내일부터 다시 백수로 돌아가는 것이다. 나는 어깨를 으쓱하며 좀더 분발하자, 다짐했다. 집 안으로 막 들어서는데 전화벨이 울렸다. 아버지였다. 요란한 엔진톱 소리가 수화기를 타고 고스란히 흘러들어왔다. 데릭이 통나무축제에 참석한 사람들 앞에서 간단한 시연을 하는 중이라고 했다.

"음, 부탁 좀 하려고 말야."

"뭔데요?"

"내 여행가방에서……"

누군가 아버지에게 말을 거는 모양이었다. 무대조명이 너무 어두운 것 같다는 사내의 목소리가 멀리서 들려왔다. 아버지는 낯선 목소리에게 양해를 구한 뒤 말을 이었다.

"여행가방을 열어보면 말야, 거기 엔진톱의 체인 톱날이 있을 거야. 오늘은 너무 늦었으니까, 내일 일찍 택배로 부쳐주면 좋겠는데."

"급한 건가요?"

"음, 톱날 챙기는 걸 깜박했어."

"알겠어요. 그런데 어디로 보내면 되죠?"

"통나무학교. 가방 어딘가에 비즈니스카드가 있을 거야."

"알겠어요."

전화를 끊기 전에 아버지가 물었다.

"오늘이 파트타임 마지막 날이었던가?"

내가 그렇다고 대답하자, 아버지는 잠시 뜸을 들이고는 말을 이었다.

"그래, 자세한 이야긴 만나서 하는 게 좋겠지."

아버지의 마지막 말이 마음에 걸렸다. 아버지가 그 아르바이트 자리를 소개해준 이유가 따로 있을 것이었다.

PK에게서는 아직 회신이 없었다. 장봐온 물건들을 정리하고 스테이크용 다진 고기를 프라이팬에 구워 사라다 햄버튼의 전용 그릇에 담아주었다. 맨체스터 유나이티드와 첼시의 경기가 방송되고 있는 텔레비전 앞에 누워 있던 녀석이 잽싸게 몸을 일으켜 베란다로 달려나갔다. 나는 인스턴트 우동으로 간단하게 저녁을 해결하고 커피를 마시면서 혹시 그사이 PK에게서 회신이 오지는 않았는지 휴대폰을 확인했다. 문득 아버지의 부탁이 떠올랐다. 아버지의 여행가방은 책상 옆에 세워져 있었다. 나는 잠금장치를 풀고 지퍼를 내렸다. 아버지는 어머니의 생일을 비밀번호로 정하곤 했다. 가방 안에는 속옷과 양말 들, 캐나다 지도와 여권, 『그리스인 조르바』가 들어 있었다. 체인 톱날은 그 아래 아무렇게나 놓여 있었다. 오레곤 상표가 붙은 톱날 케이스를 잠깐 살펴보다가 통나무학교 교장의 명함을 찾아, 나는 가방을 다시 뒤졌다.

　가방 안쪽 깊숙한 곳에서 육아수첩이 튀어나왔고, 자연스레 어머니가 떠올랐다. 나는 가능한 한 천천히 수첩을 집어들었다. 그리고 조심스럽게 첫 장을 넘겼다. 민소매의 하얀색 플레어원 피스를 입은 어머니가 백일도 안 되어 보이는 아기를 안고 있는 사진이 꽂혀 있었다. 모서리가 누렇게 변색된 사진의 아래쪽엔, 'LA. 1984'라고, 선명하게 적혀 있었다. 다음 장엔 그랜드캐니언에서 찍은 사진이 나왔다. 붉게 물든 석양을 바라보고 있는 어머니의 배가 불룩했다. '안녕, 뱃속 아기. 네게 이곳을 보여주고 싶었어.' 한 장 한 장 수첩을 넘길 때마다 가슴이 뭉클해져왔다. 분만실로 들어가기 직전에 찍은 상기된 얼굴의 어머니 사진을 앞에 두고는 급기야 눈앞이 뿌옇게 흐려졌다.

　아버지가 유일하게 챙겼다는 물건이 이거였군요.

　나도 모르게 피식, 웃음이 터져나왔다. TV 연속극도 아니고, 유치하다는 생각이 들었다. 나는 휴대폰을 찾아 다시 거실로 나갔다. 사라다 햄버튼은 스테이크를 깨끗하게 먹어치운 뒤 만족스러운 표정으로 고양이세수를 하고 있었다. 박지성의 맨체스터 유나이티드가 1대 0으로 이기고 있었다. 아버지에게 전화를 걸었다. 몇 번의 신호음 뒤에 아버지의 목소리가 흘러나왔다.

　"찾았니?"

　"네…… 좀 유치하긴 하지만요."

"그래…… 아무래도 좀 그렇지?"

"회사를 소개해준 것도 그 때문이었군요."

"네 엄마의 부탁이었어."

"엄마가요?"

"그래. 널 캐나다로 데려가고 싶다면, 꼭 그렇게 해달라고 하더구나."

"수첩은요?"

"그건, 처음부터 네 거였어."

아버지의 마음을 조금이나마 이해할 수 있을 것 같았다. 그리고 어머니가 왜 일본 여행중에 친아버지에 대한 이야기를 해주었는지도. 어쩌면 어머니는 그때 내게 친아버지가 아직 살아 있다는 사실을 알려주고 싶었는지도 모르겠다.

"제가 강해져야 한다고 말씀하신 것도 다 그래서였군요."

"꼭 그런 건 아니었지만…… 결과적으론 다를 게 없는 것 같구나."

"전 늘 혼자서 잘해왔다고 생각하고 있었어요."

"하지만 인생이란, 결코 너 혼자만의 것은 될 수가 없어. 네 삶 속엔 엄마도 나도, 사라다 햄버튼도 있지 않니."

"이젠 예쁜 여동생도 생겼구요."

아버지의 웃음소리가 터져나왔다.

"어른이 될수록 혼자가 아니라는 사실을 깨닫게 된단 말야.

이상하지 않니?"

"하지만 그전에 스스로 일어설 수 있어야겠죠. 그래야 관계의 소중함도 깨닫게 될 테니까."

"그래, 네 말이 맞는 것 같구나."

그날 저녁 나는 사라다 햄버튼을 데리고 아파트 단지 주변을 산책했다. 화단에 심어진 은행나무는 이미 벌거숭이가 되어 있었다. PK가 살던 아파트 앞에 멈춰 선 나는 사라다 햄버튼에게 혼잣말처럼 내뱉었다.

"기억나니? 여기가 네가 살던 곳이었잖아…… 진짜 주인은 어떤 사람이었니? 그리고 넌 왜 내 아파트 베란다로 찾아든 거지?"

녀석이 내 말을 알아들을 리 없었다. 붉은 보도블록이 깔린 바닥에 살며시 내려놓았더니, 털을 곤두세우며 주위를 두리번거리던 녀석이 곧 종종걸음으로 화단 쪽으로 건너가 코를 킁킁거리기 시작했다. 녀석은 어느새 어른 무릎 높이의 울타리를 뛰어넘어 앙상하게 변해버린 나무들 사이를 느긋하게 걸어다녔다. 중성화 수술을 받았음에도 녀석은 가끔 제 영역을 표시하기도 했다.

나는 화단 근처에 쪼그리고 앉아 그런 녀석을 멍하니 바라보았다. 더이상 S나 PK에게 얽매여 있고 싶지 않았다. 그가 어떻게 S의 이름을 알고 있는지에 대해서도 마찬가지였다. 무엇보다, 사라다 햄버튼과 작별을 고해야 했다. 아버지의 말처럼 인생이라는 것이 관계 속에서 어떤 의미를 가질 수 있는 거라면 더더욱 그래야 했다. 어머니가 친부와 나에 대한 모든 걸 아버지에게 맡긴 것도 그 때문일지 몰랐다.

"사라다 햄버튼!"

큰 소리로 녀석의 이름을 불렀다. 화단 위를 돌아다니던 녀석이 뒤돌아서서 나를 바라보았다. 나는 다시 한번 큰 소리로 녀석의 이름을 부르고는 양팔을 펼쳐들었다. 녀석이 나를 향해 달려왔다. 품안으로 달려든 녀석을 안고, 나는 몸을 일으켰다. "그동안 고마웠다." 녀석에게 얼굴을 묻고 말했다. 녀석은 내 기분을 아는지 모르는지 연신 "야옹," 소리를 지르며 버둥거렸다. 나는 목도리처럼 녀석을 목에 두르고 다시 걷기 시작했다. "고양이 목도리!" 유치원생쯤 되어 보이는 여자아이가 가던 길을 멈추고 사라다 햄버튼을 가리키며 소리쳤다. "맞아, 고양이 목도리. 아주 따뜻해." 나는 사라다 햄버튼의 양쪽 다리를 들어올리며 웃어 보였다. 까르르 웃으며 지나가는 아이의 뒷모습을 바라보고 있으려니 늦둥이 여동생이 떠올랐다. 휴대폰 화면 속의 여동생은 주름 가득한 피부에 눈도 뜨지 못한 채 입을 오물거리고 있었지만, 머지않아 저 아이처럼 자라서 아장아장 걸어다닐 수 있을 거라고 상상하니 절로 기분이 좋아졌다. 게다가 내일부터는 다시 마음껏 늦잠을 잘 수 있었다. 그 사실 또한 나를 행복하게 했다.

사라다 햄버튼이 더이상은 참아줄 수 없다는 듯 몸을 마구 흔들어댔다. 녀석을 번쩍 들어올려 다시 가슴에 품는데, 휴대폰의 떨림이 전해졌다. 문자메시지였다. 나는 녀석을 왼쪽 어깨에 걸친 채, 오른손으로 호주머니를 뒤져 휴대폰을 꺼내들었다. 액정 화면에 나타난 발신번호는 PK의 것이었다.

문자메시지를 확인하기 전에, 나는 휴대폰 카메라로 사라다 햄버튼과 사진을 찍었다. 찰칵, 소리와 함께 사라다 햄버튼이 몸을 뒤틀기 시작했다.

"가만히 있어, 사라다 햄버튼. 우린 지금 마지막 추억을 만드는 중이니까."

녀석의 등을 어루만지면서 나는 조용히 말했다.

17

오랜만에 고양이카페에서 R과 마주 앉아 커피를 마셨다. 어색하지 않을까 하던 걱정은 역시 내 기우였다. 우리는 평소와 다름없이 인사를 나누었고, 사라다 햄버튼을 그녀에게 건네주고, 녀석이 싫어하든 말든 뺨을 비벼대며 건물 이층에 있는 카페로 올라갔다. R은, 살이 좀 빠지긴 했지만 한결 밝아진 표정이었다.

누군가에게 사랑을 받는 것만으로도 여자들은 모두 행복해지는 걸까. 게다가 R에게 프러포즈를 한 사람은 학교에서도 인기가 많았던 멋쟁이 교수님이니까. 사라다 햄버튼은 카페 한켠에 마련된 고양이놀이터를 어슬렁거리며 돌아다녔다. 제법 예쁘게 생긴 암컷 러시안블루가 발등 위에 턱을 괴고 누워 있었는데, 녀석 마음에 드는 모양이었다. 나는 엉거주춤하게 암고양이 주위를 배회하는 사라다 햄버튼을 바라보며 퉁명스럽게 내뱉었다.

"멍청이! 고추도 없으면서."

맞은편 테이블에 앉아 있던 R이 웃으며 대꾸했다.

"플라토닉 러브도 있잖아요."

"저 녀석에게 플라토닉한 사랑을 기대한다고? 고양이에게 왜 발정기란 게 있겠어?"

"오빠는 어때요?"

"뭐?"

나는 머쓱해져서는 말없이 머그컵을 입으로 가져갔다. 그날 선술집에서 R에게 냉랭하게 대했던 것도, 따지고 보면 그녀와의 만남이 기대와는 다른 방향으로 흘러가고 있었기 때문일 것이었다.

"그런데 머릴 잘랐네."

커피를 마시다 말고 내가 다시 말했다.

"피— 오빠 불리하다 싶으면 화제를 돌리는군요."

"그런 게 아니라, 정말 보기 좋아서 그래."

어깨 넘어 내려오던 R의 생머리는 짧게 잘라 더 단정해 보였다. R은 취직 때문이라고 했지만 나는 어쩐지 그 일본인 교수가 떠올랐다.

"어떻게 하기로 했어?"

"뭘요?"

"프러포즈 말야."

"아아, 또 그 얘기예요?"

R이 고개를 절레절레 흔들었다. 카페 주인이 다가와 커피를 리필해주면서 "두 사람 무슨 좋은 일 있어?" 무심하게 묻고는 되돌아갔다.

"표정이 많이 밝아진 것 같아요."

이번에는 R이 화제를 돌렸다. 나는 어깨를 으쓱해 보이곤 대꾸했다.

"그건 R도 마찬가진걸."

"무슨 좋은 일 있었어요?"

"뭐 그냥…… 어머니의 옛날 남자친구를 만났고, 사라다 햄버튼을 전 주인에게 돌려주기로 했거든."

"정말이에요?"

R의 목소리가 커졌다. 암고양이에게 신경이 팔려 있던 사라다 햄버튼이 나와 R이 있는 쪽으로 고개를 돌렸다.

154

"어머니의 옛날 남자친구라니까 뭔가 묘한 뉘앙스가 느껴져요."

"R이 기대하는 만큼 그렇게 특별한 일은 없었어."

"사라다 햄버튼의 전 주인은요? 어떻게 된 거예요?"

"이야기하자면 좀 복잡해."

나는 길게 기지개를 켜면서 말했다. 그녀는 자꾸 질문을 던졌지만 나는 대답하지 않았다. 대신 영화티켓을 꺼내 그녀에게 보여주었다. 카페에 오기 전에 예매해둔 것이었다. 카페 주인에게 사라다 햄버튼을 부탁하고 나서 R과 나는 극장으로 향했다. 영화는 데이비드 핀처의 〈벤자민 버튼의 시간은 거꾸로 간다〉였다. 객석에 나란히 앉아 영화를 보면서 나는 살며시 그녀의 손을 잡았다. 스크린에서 시선을 떼지는 않은 채, 그녀는 희미하게 미소지었다.

"태어남과 늙음이란 게 어쩌면 같은 것인지도 모르겠어요."

극장을 나오면서 R이 말했다. 나는 공감의 표시로 고개를 끄덕였다.

"한 사람의 특별한 인생을 압축해서 볼 수 있다는 건 상당히 매력적인 일인 건 분명해."

"지금까지의 내 인생을 압축한다면 어떨까요."

"글쎄."

어디선가 세찬 바람이 불어왔다. 귓불이 시릴 만큼 차가운 바람이었다.

"어제 우연히 어머니의 육아수첩을 보게 되었어. 거기에 어머닌, 구 개월 동안 미국에 가 있던 젊은 시절의 당신 모습과 함께 아직 태어나지도 않은 나를 위해 많은 이야기들을 남겨두셨더군. 그걸 보면서 계속해서 미안한 마음이 들었어. 어머니에게 말야. 왜 좀더 같이 있어드리지 못했을까. 왜 좀더 많은 시간 가까이하지 못했을까……"

그녀는 대꾸 대신 고개를 끄덕이며 미소를 지어 보였다.

"만약 누군가 R의 인생을 압축해서 엿보게 된다면, 그 사람이 먼 미래의 R의 아들이나 딸, 혹은 R을 사랑하는 어떤 사람이라면 적어도 그 순간만큼은 마음이 따뜻해질 거야. 내가 그랬던 것처럼."

"고마워요, 용기를 줘서. 사실 불안했거든요. 올 한 해는…… 좀 많이 힘들기도 했고."

"하지만 열심히 견뎌냈잖아? 중요한 건 그게 아닐까."

R이 다시 미소를 지으며 나를 흘깃거렸다. 그녀와 어깨를 나란히 하고 걷는 것도 마지막일지 모른다는 사실이 새삼 아쉬웠다. PK는 다행히 차를 가지고 아파트 근처로 오겠다고 했다. 아파트 단지 앞에서 만나기로 약속을 하면서, 나는 S에 대한 생각을 지울 수가 없었다.

"어디서 만나기로 했어요?"

"누구?"

"사라다 햄버튼의 전 주인요."

"음, 아파트 단지 앞에서."

"사라다 햄버튼만 건네줄 거예요?"

"물론."

"후회하지 않을 자신 있어요?"

"글쎄."

고양이카페 앞에 다다랐을 때 나는 걸음을 멈추고 R을 천천히 바라보았다. 그녀 역시 걸음을 멈춘 채 나를 올려다보았다. 크게 숨을 들이쉬었다가 내뱉으면서 이번에는 내가 그녀에게 물었다.

"그 잘생기고 젠틀하고 능력 많은 멋쟁이 일본인 교수님관 어떻게 되고 있어?"

"프라이버시예요."

"그날 이후 말야, 생각을 좀 해봤는데…… 내게도 기회를 줄 수는 없겠어?"

"무슨 뜻이에요?"

"백수에다 여자친구에게 차여서 괴로워하면서 호랑이 같은 고양이를 전 주인에게 돌려주려고 하는 불쌍한 남자에게도 사랑받을 기회를 달라는 거야."

R은 고개를 좌우로 흔들었다.

"쯧쯧, 늦었어요. 그리고, 프랑스 속담 중에 이런 말이 있어요. 고양이를 좋아하지 않는 남자는 미인을 사랑할 자격이 없다!"

내가 긴 한숨을 내쉬자, 그녀가 손을 내밀며 악수를 청했다.

"무슨 뜻이야?"

"대신 듬직한 친구를 얻었다고 생각하세요."

R은 카페 계단을 올라가기 시작했다.

사라다 햄버튼은 러시안블루에게서 멀리 떨어져 처량하게 엎드려 있었다. 그런데, 한쪽에서 추파춥스를 입에 물고 리처드 D. 루이스의 『미래는 핀란드에 있다』를 읽고 있는 사람은 카페 주인이 아니라 고양이탐정이었다. 벙거지 모자에 검은색 선글라스를 쓴 그가 자리에서 일어섰다.

"데이트는 재밌었어요?"

"여긴 어떻게……"

"삼십 분 전인가, 주인이 급한 볼일이 생겼다며 카페 열쇠를 맡기고 나가버렸네요."

R이 호기심 어린 눈으로 고양이탐정을 바라보았다. 나는 그녀에게 고양이탐정을 소개해주었다.

"그런데 사라다 햄버튼은 왜 저러고 있어요?"

그는 팔짱을 낀 채 웃음 띤 얼굴로 녀석 쪽을 쳐다보며 대답했다.

"너무 귀찮게 구니까 저 콧대 높은 고양이가 녀석을 마구 물

고 할퀴더군요. 덩치에 비해 겁이 많은 녀석인가봐요. 사라다 햄
버튼 말입니다. 주인을 닮아서 그런가."

나를 바라보면서 고양이탐정이 다시 웃음을 터뜨렸다. R이 테
이블에 앉아 있는 나와 시선을 맞추며 대답했다.

"비슷한 것 같아요."

사라다 햄버튼은 러시안블루 때문인지, 아니면 나와의 이별이
얼마 남지 않았음을 직감적으로 알아챘는지, 내내 풀이 죽은 채
고양이집 안에 엎드려 있었다. 카페를 나올 때 고양이탐정이 윙
크하며 말했다.

"가끔은, 참고 기다릴 줄도 알아야 하는 게 우리네 삶이죠."

아파트로 향하는 동안 R은 두 달 뒤에 히라야마라는 일본인
교수와 함께 홋카이도로 떠날 거라고 했다. "축하해." 내가 고개
를 끄덕이며 짧게 대꾸하자 그녀는 나를 잠시 곁눈질하면서 말
을 이었다.

"백석의 시 때문이 아닐까 생각한 적이 있어요. 교수님에게서
홋카이도로 같이 가고 싶다는 말을 들었을 때요. 나타샤가 떠올
랐으니까……"

"나를 만나지 않았다면, 다른 생각도 할 수 있었을 거란 소리
야?"

"어쩌면요."

"그럼 나 때문에 그 일본인 교수와의 인연이 더 돈독해졌다는 건가. 아쉽지만 말야."

"그래요, 아쉽지만."

나는 고양이집을 왼손에서 오른손으로 바꿔잡으며 말을 이었다.

"원점에서 다시 시작한다는 말을 이젠 좀 이해할 수 있을 것도 같아."

"힘내요. 응원할게요."

어느덧 아파트 단지 앞이었다. 이번에는 내가 고개를 끄덕인 뒤 손을 내밀어 악수를 청했다.

"행운을 빌어. 그리고 행복하길 바랄게."

"저두요."

고양이집 안의 사라다 햄버튼을 꺼내 R에게 건네주었다. R은 녀석과 얼굴을 부비며 마지막 작별인사를 나누었다.

우리는 누구나 만남과 헤어짐을 반복한다. 인연이란 그래서 소중한 것이기도 할 것이다. 사람들 속으로 사라지는 R의 뒷모습을 보면서, 나는 결코 PK에게 S와의 관계에 대해 묻지 않으리라 다짐했다. 고양이탐정의 말처럼 그녀가 직접 내게 말할 준비가 될 때까지 기다리는 게 현명한 행동일 것이었다. 하늘에서 진눈깨비가 날리기 시작했다. 두꺼운 먹구름으로 가려진 하늘을 올려다보고 있자니 이상하게 기분이 좋아졌다. 구름 저쪽에 숨어 있을 높고 푸른 하늘 때문인지도 몰랐다.

"폴 오스터가 『달의 궁전』에서 말했잖아. 만년필의 잉크가 다 떨어졌을 때 어떻게 해야 하는지가 중요하다고 말야."

나는 사라다 햄버튼을 품안에 안은 채 녀석의 귀에 대고 속삭였다.

"절망하든지 아니면 새롭게 시작하든지…… 적어도 너와 난 새롭게 시작하는 쪽을 택하고 있는 거야. 알겠지?"

그때 휴대폰의 진동이 다시 전해졌다. 나는 휴대폰을 열면서 크게 숨을 들이마셨다. ■

저녁 일곱시를 넘긴 시각이었다. 010으로 시작하는 낯선 번호를 확인하면서 이 시간에 내게 전화를 걸 사람이 누군가 잠시 생각했다. 시골에 처박혀 오직 읽고 쓰던 내게 결혼을 약속했던 S는 떠나갔고, 뒤이어 친구들도 하나둘 멀어져가고 있었다. 폴더를 열자 낯선 목소리가 흘러나왔다. 당선을 축하한다는 내용이었다. 통화를 끝낸 뒤에 잠시 멍하니 노트북 앞에 앉아 있었다. 커피를 한 잔 타서 마시면서 지난 십 년을 천천히 돌이켜봤다. 대학을 중퇴한 뒤, 아버지와의 의절을 각오하고 보일러 기사로 취직해 밤새워 글을 쓰던 시절부터 문원에 들어와 선생으로부터 독서량이 부족하다는 말을 듣고 부끄러워하던 순간까지.

글을 쓰는 것보다 더 고통스러운 건 생활이었다. 그리고 시간

162

이었고, 고독이었고, 외로움이었고, 미래에 대한 불안감이었다. 왜 나는 여기에 홀로 앉아 바보처럼 글을 쓰고 있었을까?

낚싯바늘 공장에서 납도금을 하다 백혈병으로 죽어간 우노인도, 오직 결혼이 꿈이었던 난쟁이 누나도, 살인적인 대학 등록금을 벌기 위해 노가다판에 뛰어들었다 떨어져 죽은 스물한 살의 청년 K도 모두 나처럼 바보였던 것일까?

그런데 해답은 누나에게, 아버지에게, 어머니에게 전화를 거는 동안 어렴풋이 찾을 수 있었다. 부산 집으로 내려갔을 때 아버지는 내 손을 잡으며 마냥 고맙다고만 했다. 큰누나는 동생의 습작들을 좀더 잘 비평하기 위해 하루에 한 권씩 소설책을 사서 읽기 시작했고 작은누나는 매일 기도를 했다. 하나뿐인 남동생을 위해……

꼭 물질적인 것이 아니더라도 주위 사람들을 기쁘게 해줄 수 있다는 사실을 깨달았다.

그래도 내겐 아직 빚이 많다. 작업실을 아무 대가 없이 내어준 이선생님부터 세브란스병원에서 혈액암으로 투병중인 J형까지. 그리고 무엇보다 날 뽑아주신 심사위원들께. 그 빚을 갚으려면 앞으로 몇년을 더 기다려야 할지 모르겠다. 어쩌면 영원히 빚쟁이로 살아가야만 할지도.

아깝게 떨어진 문우들에게 포기하거나 좌절하지 말고 또다시 도전해보라고 충고하고 싶다. 노력의 시간은 결코 헛되지 않을 것이고 참고 노력하다보면 언젠간 조그만 보답이라도 받게 될 거라고 말이다.

나 역시 고배를 마실 때마다 그랬다.

"난 할 수 있어!"

그리고 무엇보다 자신을 용서할 수 있게 될 것이기에.

류보선(문학평론가)

이 작품은 무엇보다 '잘 빚어진' 소설이었다. 소설의 처음과 끝이 유기적으로 호응하고, 소설의 부분과 전체 혹은 묘사와 서사가 총체적으로 연관되어 있으며, 평면적인 인물과 입체적인 인물 사이의 역할 분담도 좀처럼 흠을 찾을 수 없을 정도로 자연스러웠다. 사실 『사라다 햄버튼의 겨울』의 중심 서사는 특별할 것이 없다. 길에서 주운 고양이를 주인에게 돌려준다는 것이 그것이다. 한데 이 간단한 이야기에 여러 요소들이 덧붙여지고 그 요소들이 유기적으로 얽혀가면서 이 이야기는 점점 흥미진진한 소설이 되어간다. 예컨대 길에서 고양이를 주운 시점이 주인공이 일 년 반 동안 동거하던 애인에게서 버림받은 시점이었다든가, 또 그 고양이의 주인이 사실은 주인공의 애인과 긴밀한 관계를 이어갔던 존재라는 점이 암시되고, 또 여기에 주인공의 어머니와 아버지, 그리고 생부 등의 기이한 관계가 나란히 겹쳐진다. 이렇게 치밀하게 배치된 장면들로 인하여 어떻게 보면 너무 단순해 보였던 이야기는 급기야 풍부한 소설적 육체성을 확보하기에 이른다. 이 소설이 '사람은 누구나 만남과 헤어짐을 반복하는 게 틀림없다. 인연이란 그래서 소중한 것이기도 하다' 라는 이미 여러 작가에 의해 자주 반복된 주제를 가지고 있음에도 불구하고 끝까지 긴장감 있게 읽히는 동력 역시 이 잘 짜여진 외적 형식에 있음은 물론이다. '기법의 승리', 이것이야말로 이 소설의 중핵이자 핵심적인 미덕이다.

하지만 문제도 있었다. 『사라다 햄버튼의 겨울』은 '잘 빚어진 이야기' 이기는 하나 기존의 상징질서를 교란할 만한 '이야기의 혁신성' 이나 '전혀 새로운 이야기의 발명 의지' 같은 것을 찾기 힘들었다. 소설을 읽으면서 간혹 기시감에 시달리거나 아니면 몇몇 소설이나 영화의 흔적 같은 것이 감지되었는데, 이는 에피소드들이 진부했기 때문이 아니라 이야기 전체의 혁신성, 그러니까 세상의 다양한 현상을 전혀 다른 맥락에서 통일적으로 재구성하려는 의지가 철저하지 않은 까닭처럼 보였다.

상대적으로 우수한 한 편을 고르는 일은 어렵지 않았다. 그렇지만 그것이 문학동네작가상이 기대하는 바로 그 소설인가 하는 판단은 쉽지 않았다. 고백하건대, 여느 심사 때보다 많이 망설인 것이 사실이기도 하다. 하지만 『사라다 햄버튼의 겨울』을 굳건하게 떠받치고 있는 정교한 장치들을 볼 때 이 새로운 동료의 문학에 대한 열의와 연마과정이 얼마나 대단하며 또 치열했나 하는 점을 인정하지 않을 수 없었다. 당선자에게 축하를 보낸다. 이제 제도 안으로 들어선 만큼 보다 더 혁신적이고 도발적이기를 기대해본다. 더 도발적인 작가가 되시길!

서영채(문학평론가)

『사라다 햄버튼의 겨울』은 따뜻하고 부드러운 분위기의 동화적인 소설이다. 실연당한 이십대 방사선 기사가 주인 잃은 고양이를 길들여 가족으로 맞으며 상처를 극복하는 이야기가 기둥 줄거리를 이루고 있다. 암으로 세상을 떠난, 매력적이고 독특한 성향의 어머니가 그 중심에 버티고 있고, 캐나다로 이민간 목수 새아버지, 그리고 새아버지의 아이를 임신한 여자친구 나타샤, 소설 후반부에 돌연 등장하는 친아버지 등이 그 주변으로 펼쳐져 있다. 서사적 설정 자체만으로는 절망적인 이야기일 수 있을 테지만, 소설은 침울하거나 격렬한 길로 나가지 않고, 오히려 잔잔하고 서정적이며 더러는 경쾌하기까지 한 모습을 보여준다.

이것은 작중인물들의 개성적인 형상화에 기인하는 것으로 보이는데, 예를 들자면, 자기 가슴에 손을 대는 아들에게 '그렇게 성의 없이 애무를 하면 여자친구가 널 싫어할 거다'라고 말하곤 했던 독특한 어머니의 모습이 그 핵심에 있다. 하지만 인물들이 지니고 있는 개성에 비하면 주인공의 삶은 너무 희미해 보였다. 분위기를 중시하는 소설에서 중요한 것은 디테일과 레퍼런스들이 아닐까 싶다. 그런 정교함이 좀더 필요해 보였다.

이기호(소설가)

『사라다 햄버튼의 겨울』은 이상한 소설이다. 때론 유치한 느낌을 주기도 하고, 때론 만화 같은 인상을 주기도 하면서 서사는 느릿느릿 진행되는데, 다 읽고 난 후에는 그 모든 것들이 일종의 '딴청'이었다는, 사라진 무언가를 이야기하기 위해 뒤집어 쓴 어쩔 수 없는 '가면' 같은 것들이었다는 느낌을 강하게 불러일으킨다. 그리고 그것이 '딴청'과 '가면'으로 읽혀지는 순간, 이 소설은 일순 따뜻해지고 어떤 쓸쓸한 모습으로 뒤바뀌게 된다. 그것은 아마도 이 소설이, 우리가 누군가를 이해할 수 있는 것은, 그 사람이 온전히 사라지고 난 이후에야 가능하다는 전언을 담고 있기 때문일 것이다. 그러한 전언에 값하듯, 이 소설의 중심인물들은 모두 사라진 사람들이거나, 사라지기 일보 직전의 인물들이다. 나의 애인이었던 S가 그렇고, 어머니가 그렇고, 아버지가 그렇고, 친아버지와 R이 그러하다. 그들은 모두 나에게 어떤 암시나 징후도 주지 않은 채 사라진(사라질) 인물들이다. 문제는, 그들을 받아들이는 나의 태도가 될 것인데, 이 소설이 빛을 발하는 순간은 바로 그 지점에 있다. 바로 그들 모두를 '사라다 햄버튼'으로 불러주는 것. 샐러드라는 표준어를 버리고, '사라다'라는 부드러운 발음으로, 자신만의 명명법으로 모두를 호명하면서, 그것이 설령 오해일지언정 스스로 안고 가겠다는 태도를 취하는 것. 그것이 이 화려하지도 새롭지도 않은 소설을, 그러나 진정성의 차원에서 한 단계 더 높게 끌어올려주는 역할을 해주었다. 또한 그런 장점들이 이 소설이 지니고 있는 많은 단점들, 그러니까, 인물의 전형성이나 쓸데없는 아포리즘과 대사의 남발, 다른 문화 장르의 손쉬운 차용 등을 뒤로하고, 당선작으로 밀게 만드는 동력이 되었다.

정이현(소설가)

이 작품을 당선작으로 할지를 놓고 짧지 않은 논의가 벌어졌다. 담백하고 자연스러운 서술과 빠른 호흡 등이 큰 장점이라는

데는 모두가 동의하였으나, 곧이어 그 뒤에 남는 것이 무엇인가 하는 의문도 제기되었다. 사실 이 소설의 내용을 몇 줄로 요약한다면 별 대단할 게 없을지도 모른다. 하고 싶은 것도, 되고 싶은 것도 없는, 그리고 앞으로 뭘 해야 할지도 모르는 이십대 남자가 보낸 한 계절의 생활을 쭉 따라가는 것이 전부다. 한 청년이 실연을 핑계삼아 직장을 그만두고 빈둥거리며 청춘의 한 시절을 보내는 이야기라고밖에는 달리 설명할 길이 없는 것이다. 얼핏 빤해 보이는 이 작품의 묘한 매력은 그렇다면 어디서 나오는 걸까? 작중 화자가 우연히 같이 살게 된 고양이를 '사라다 햄버튼'이라고 부르는 데에서 어쩌면 작은 힌트를 찾을 수 있을지도 모르겠다. 그것은 또한 화자가 살아내는 그 한심하고 무료한 한 계절에 대한 작가의 명명법이기도 하다.

외래어 표준표기법에 따르면 이 소설의 제목은 마땅히 '샐러드(salad) 햄튼(hampton)'이어야 옳을 터이다. 그러나 그곳은 '샐러드 햄튼'이 아닌 '사라다 햄버튼'의 세계다. '샐러드 햄튼'과 비슷한 듯 다른 이름 '사라다 햄버튼'은 이 세상이 굳게 정해놓은 기준과 약속의 틀로부터 조금, 아주 조금, 옆으로 비켜난 곳이다. 그 세계에는 나름대로의 규칙성이 있는 것 같지만 알고 보면 아무런 규칙이 없다는 특징이 있다. 'salad'를 입에 익은 구어(口語) '사라다'라고 발음하는 순간, 설기현이 활약하는 축구팀 '(wolver) hampton'을 '햄튼'도 '햄프튼'도 아닌 '햄버

170

튼'으로 변형시켜버릴 수 있는 것이다.

말하자면 그건 화자 혼자 만들어낸 자기만의 룰이다. 공식 언어의 눈으로 보자면 한없이 어설프고 무개연하지만, 그 누구에게도 인정받지 못함으로써 오히려 그 어설픔과 무개연성을 맘껏 즐길 수 있는 시기. 오직 자기 혼자만의 스타일을 천천히 만들었다 허물었다 해볼 수 있는 시기. 어쩌면 바로 그것을 청춘시대의 본질이라 할 수 있지 않을까. 나에게 이 소설은 우리 모두가 통과해온, 혹은 통과하고 있는 그때에 대한 소소하고 따뜻한 기록으로 읽혔다. 그 단단하지만 뭉클한 느낌에 신뢰가 갔다. 계속 지켜보고 싶은 작가를 발견했다는 믿음이 내가 끝내 이 소설의 손을 놓지 못한 이유일 것이다. 당선자께 진심 어린 축하의 인사를 전한다.

차미령(문학평론가)

『사라다 햄버튼의 겨울』은 "난 완전히 실패한 인생이 아닐까"라고 자문하는 한 루저의 성장담으로 읽힐 만했다. 소설은 실연당한 주인공이 길 잃은 고양이와 보낸 한 철을 차분하게 뒤따라간다. 사랑의 실패란 연인이 떠난 이유를 알 수 없을 때 더욱 고통스러운 것이 될 터인데, 이 인물의 경우가 바로 그렇다. 그러나 소설은 주인공으로 하여금 아픔을 토로하게 하는 대신, 다른 이들의 사랑과 그로 인한 상실을 들여다보는 길을 밟아가게끔 이끈다. 타인을 더이상 원망하지 않고 그/녀의 선택을 그 자체로 인정해주기, 상실의 계절을 통과한 다른 누군가들에게 마음의 문을 조금만 열어두기. 관계의 가능성이란 그 불가능성을 받아들이는 것에서부터 시작된다는, 이 소설이 도달한 역설적 진실은 소박하지만 잔잔한 울림이 있었다.

물론 그렇다고 해서 아쉬운 점이 없는 것은 아니었다. 무엇보다 소설 속 인물들이 통과해온 사랑의 면면이 흐릿하게 지워져 있다는 점이 그러했다. 하지만 『사라다 햄버튼의 겨울』은 구성과 만듦새의 면에서 응모작들 중 가장 안정적인 소설이었다. 구조적으로 보았을 때 『사라다 햄버튼의 겨울』은 인물들 사이에 형성된 삼각구도들을 계속 중첩시키고 있었는데, 소설의 서술자가 결코 많이 말하고 있지 않음에도 독자가 인물들의 선택을 좇아가게 되는 것은 이 구성에 힘입은 것이다. 소설에 제시된 여러 관계들은 다분히 암시적인 여백 속에 놓여 있을 뿐이지만, 그 여백은 소설의 구성적 효과에 의해 다른 관계들과의 중첩 속에서 유비적으로 조명될 여지를 얻고 있었다. 가령, 고양이를 돌려보내는 주인공의 상징적인 제스처에 부모세대의 선택이 공명하고 있는 것은 바로 그러한 이유에서인데, 이렇듯 구성을 통해 주제를 맥락화해낼 줄 아는 작가에게도 어느 정도 신뢰를 보낼 수 있기 마련이다.

　우리 앞에 새롭게 출몰한 이 고양이가 어떤 발톱을 감추고 있는지 지금으로서는 아무도 알 수 없다. 하지만 감추어진 그것이 소설의 심장을 예리하게 그을 수 있는 어떤 것으로 진화해나가기를 바란다.

편혜영(소설가)

　『사라다 햄버튼의 겨울』은 특정 작가의 영향관계가 분명하게 보여 작품이 주는 매력을 급감시켰다. 하도 자주 반복되어서 이제는 다소 전형적으로 보이는, 혈연이나 사랑, 여타의 인간관계에 집착도 애착도 없는 캐릭터와 느닷없는 고양이탐정의 출현, 문화적 취향의 노골적인 등장 같은 것은 오래전 하루키 소설의 재연으로 보였다. 작가가 캐릭터 구축에 대한 고민 없이 기왕의 캐릭터를 고스란히 빌려와서 구성을 다듬고 일정하게 톤을 조절하여 배치한 느낌이었다. 하루키의 주인공이 재즈를 듣는 데 반해, 이 소설의 주인공은 〈1박 2일〉을 보고 최신가요를 듣는다는 점이 다르다면 달랐는데, 그 문화적 차이가 등장인물을 현대적이고 발랄한 캐릭터로 무장시키는 것이 아니라 딱히 내세울 만한 문화적 취향이랄 게 없이 닥치는 대로 텔레비전 프로그램을 소비하는 인물로 격하시켰다.

소설에 인용된 각종 경구도 거슬렸다. 시의 적절한 인용이 등장인물의 상황을 일목요연하게 전달해주기도 하지만, 방사선사였던 주인공이 책을 읽고 있는 장면은 도통 보이지 않는데도 많은 장면에서 에피그램을 인용하여 그것으로 손쉽게 인물의 상황이나 내면을 설명하고자 하는 의도가 뻔히 드러났다. 기왕의 경구나 문구, 사상에 기대어 등장인물들의 내면을 설명하고 갈등을 해결하는 것이 아니라 등장인물 스스로 갈등을 헤쳐나가면서 나름의 사상과 질서를 만들어가는 이야기였다면 좋았겠다.

단점이 많은 소설이었으나 당선작으로 뽑는 데 동의한 것은, 여타 응모작에 비해 단점이 적었고, 서술을 통해 이야기 톤을 균질하게 유지하는 힘이 느껴졌으며, 의미도 없고 희망도 없는 일상을 그저 산책하듯 살아가고 있는 이 시대 젊은이의 초상을 묘파한 캐릭터 구축에 공력을 기울였다는 점을 높이 살 만했기 때문이다. 느닷없어서 다소 환상적으로 보이는 고양이탐정의 등장과 그로 인해 드러나는 사라다 햄버튼의 전 주인 PK와 헤어진 여자친구 S의 관계는 비밀스럽고도 매력적인데, 행간을 비워 암시를 남기는 솜씨가 예사롭지 않았다. 당선을 축하드린다.

고양이, 고독, 고독한 사람

이영훈

0. 고민

『사라다 햄버튼의 겨울』을 읽었다. 오랜만에 비가 내리는 조용한 밤이었다. 자정 무렵에 원고의 마지막 장을 넘겼다.

천천히 작용하는 소설들이 있다. 며칠 혹은 몇 주 후에, 불현듯 소설에 등장하는 문장이나 광경을 떠올리게 되는 소설들. 내게 『사라다 햄버튼의 겨울』은 그런 소설이었다. 다른 때 같았으면 섣불리 뭔가를 판단하기보다 그저 잠자리에 들었을 것이다. 어느 정도 시간이 흐른 후에 소설에 담긴 것들이 나를 찾아오길 기다리면서.

하지만 이번엔 그렇게 느긋할 수가 없었다. 당장 그다음 날 소설을 쓴 이를 만나야 했기 때문이다.

이런저런 인터뷰 기사를 찾아봤지만 별 효용은 없었다. 사람은 다 제각각이라 누군가를 아름답게 해주는 질문이 다른 이에겐 무의미한 물음일 것 같았다. 검색 사이트의 질문 코너를 이용하는 방법도 생각했다. 그러니까 '인터뷰 잘하는 법이 뭐죠?' 따위의 질문을 던진 다음, 올라온 답변대로 인터뷰를 하는 것이다. 처음엔 괜찮은 생각인 것 같았는데 나중에 문제가 생길 것 같았다. 음, 그렇지만 역시 싸이월드에서 사람찾기를 해본 것은 사과해야겠지.

미안해요, 떳떳하지 못한 짓이었어요. 그렇지만, 찾아내지도 못했으니 크게 잘못한 건 아니라고 생각해요. 싸이 안 하시나봐요?

새벽이 되도록 어떻게 하면 좋을까 한참을 고민했지만, 대책은 없었다. 그대로 잠자리에 들었다.

다음날은 흐렸다. 구름이 잔뜩 끼어 있었지만 공기는 신선했다. 약속장소인 문학동네 사옥 앞에 닿았을 때 반대쪽에서 모자를 쓴 남자 하나가 걸어오고 있었다. 남자는 흘깃 나를 보더니 말없이 건물 안으로 들어갔다. 뒤따르듯 건물 안으로 들어서자 입구에 있던 여직원분이 사층으로 올라가라고 안내해주었다. 면

176

저 들어선 남자는 엘리베이터 앞에 서 있었다. 잠시 머뭇거리던 남자가 내게 다가와 인사했다. '그'였다.

키가 크다고 생각했다. 실제의 키보다 아주 커 보이는 사람들이 있다. 그가 그런 사람이었다. 인사말을 건네야겠다는 생각이 들었지만 요의를 느끼던 참이었다. 화장실이 어디냐고 묻자 여직원분은 기묘하게 생긴 하얀 철제 나선계단을 가리켰다. "이위로 올라가세요." 계단 쪽으로 발을 옮겼을 때 같이 가자며 그가 따라왔다.

화장실 앞에는 알파벳 W가 빨간색으로 그려져 있었다. 흐음, 여성용밖에 없는 모양이군. 뭐, 어쩌겠어? 라고 생각하며 문을 열고 들어섰다. 그런데 그는 따라오지 않았다. 고개를 내밀어 그를 살폈다.

"왜 안 들어오세요?"

"여자용인 것 같은데요?"

갑자기 내가 몹시 막돼먹은 사람이 된 것 같았다.

"다른 화장실은 없는 것 같은데요. 그냥 사용하죠 뭐."

그가 마지못해 화장실에 들어섰고, 우리는 공범이 되었다. 어쩐지 그와 몹시 친해진 기분이 들었다.

그러니까 우린 만난 지 삼 분 만에 여자화장실에서 함께 볼일을 본 사이다.

1. 고단한 삶, 그리고 행복

김유철은 1971년 부산에서 태어났다. 위로는 누나가 둘이 있다. 부산가톨릭대학교 방사선과에 다니다 글을 쓰기 시작했다. 2002년도에 장편 추리소설, 2007년도에 중편 해양소설을 발표했다. 『사라다 햄버튼의 겨울』은 그가 발표하는 세번째 소설이다.

—학창시절 이야기부터 들어보고 싶네요. 전공이 방사선과인데, 들어가게 된 계기가 있으셨나요?

취업률 백 프로라고 해서 들어간 거죠. 처음에는 공무원시험 준비를 했었어요. 그전에는 대학 생각이 없었고. 마지막으로 한 일이 낚싯바늘 공장이었는데 거기 납도금을 하는 노인이 계셨어요. 제가 입사했을 때부터 피부가 아주 하얬어요. 그런데 어느 날 이분이 백혈병 진단을 받은 거예요. 이건 누가 봐도 납 때문에 생긴 병이에요. 그분이 회사를 그만두면서 젊은 나이에 여기 있지 말고, 공부를 하든지 더 좋은 직장에 가든지 하라고 충고했어요. 그래서 결심을 한 게, 공무원시험을 치기로 마음먹고 도서관에 다녔어요.

도서관에 다니니까, 거기 있는 게 다 책이잖아요. 친구들하고도 연락 끊고 공부에만 몰두하자고 생각했거든요. 혼자 있으니까 심심해서, 소설을 읽기 시작한 거죠. 그때 한창 인기 있었던 게 신경숙의 『외딴방』, 은희경의 『새의 선물』, 하루키의 『상실의 시대』였어요. 그런데 『상실의 시대』를 읽다보니 대학에 가고 싶어지는 거예요. 그래서 공무원시험에서 수능시험으로 방향을 바꾸고 1997년에 학교에 들어갔어요.

―대학교에서는 어땠나요?

처음에는 공부 열심히 했어요. 늦은 나이에 들어갔고, 그 나이에는 철이 들었으니 공부를 소홀히 하지는 않죠. 그렇지만 대학에서 하고 싶었던 게 방사선과 공부는 아니었어요. 그래서인지 몰라도 철학수업을 열심히 들었는데, 한번은 철학과 수업시간에 교수님이 학생들 앞에서 리포트를 읽어보라고 했어요. 그래서 초등학생처럼 앞에 나가서 읽었죠. (웃음) 교수님이 글재주가 있는 것 같으니 글을 써보라고 하셨어요. 이상하죠? 그 말씀이 탁 들어오더라고요.

―그럼 그 교수님의 말씀이 글을 쓰게 된 계기가 된 건가요?

원래 글을 쓰고 싶긴 했어요. 고등학교 때도 문예부였고.

―학교를 나온 후에는 어떤 일을 하셨나요?

그후로는 한국해양기술이란 곳에서 일했어요. 그리고 아파트 보일러실에서도 일했고, 청태산 자연휴양림에서 숲 생태 안내원도 하고. 그리고 안산에서 외국인 노동자들 관리하는 일도 했어요. 제가 관리했던 사람들은 파키스탄 사람들이었어요. 한국사람들이 진짜 못됐어요. 관리하는 사람들은 삼교대로 여덟 시간씩 일을 하지만, 파키스탄 사람들은 주야로 계속 일을 해야 해요. 이분들은 밤이 되면 계속 코피를 흘리는 거예요. 가슴이 많이 아프더라고요.

—일을 하시는 동안에도 글을 계속 쓰셨다고 했는데, 보통 글을 쓰고 싶어하는 분들은 주변에 함께 글을 쓰는 분들과 모이지 않나요?

저는 그런 거 상관없이 혼자 썼어요.

—글쓰기를 배우신 적은 없고요? 배운다는 말은 좀 그렇지만.

서른 살 때 부산에 '부산소설가협회'라는 게 있었어요. 일주일에 하루 나가서 저녁에 잠깐 (작법을) 배우는 게 있었죠. 그때 조금씩 배우기는 했어요. 그런데 거기는 일종의 친목단체와 비슷했고, 그다지 치열한 건 없었어요. 2004년에 부악문원에 들어갔을 때, 이문열 선생님께 들었던 이야기가 독서량이 많이 부족하다는 거였어요. 제가 머리가 좋다거나 그런 건 아닌 거 같아요. 칭찬을 들었던 게 딱 두 번인데, 하나는 그림 그린 거고 그 외에는 소설이었어요. 글 쓸 때가 제일 재밌어요. 글 쓰는 사람들 말년이 별로 안 좋다는 이야기 자주 하잖아요? 의료보험 같은 것도 안 되고. (웃음) 그런 이야기는 왜 하는지 모르겠어요. 그런 건 상관없거든요. 어차피 제 인생 자체가 좀 어두운 시절이 많았는데, 오히려 글을 쓰면서 되게 행복해졌고, 지금도 행복하고.

—그럼 행복하셨던 순간에 대해 계속 이야기해보죠. (웃음) 당선 소식

180

을 들었을 때, 처음에 어떻게 연락을 받았고, 어떤 일을 하고 계셨나요?

다른 소설을 쓰고 있었어요. 원래는 이달 안에 마치려고 했는데, 연락받고 나니 집중이 안 되더라고요. 연락이 핸드폰으로 왔는데, 모르는 번호더라고요. 전 뭔가 예감을 한 거 같아요. 전화를 받았더니 문학동네입니다, 하더라고요. 전화받은 순간은 그냥 담담했고, 이문열 선생님께 전화를 드렸죠. 그랬더니 막걸리 먹자고 하시더라고요. 그래서 막걸리 먹고. 다음날 아침에 작업실 문 열고 나왔더니, 세상이 좀 달라 보이더라고요. 하늘도 푸르고, 꽃들도 아름다워 보이고. (웃음)

2. 고양이, 그리고 고양이가 나오는 소설

그는 수줍게 웃는 사람이었다. 조심스러운 표정이나 몸짓은 자신의 소설에 등장하는 덩치 큰 고양이 '사라다 햄버튼' 같았다. 소설에 대한 이야기를 직접 듣고 싶었다.

―고양이에 대한 묘사가 자세합니다. 주인공의 감정상태가 변할 때마다 함께 사는 고양이가 다가와 움직이죠. 틀림없이 고양이와 함께 살고 있거나 오랫동안 키워본 사람이 쓴 글이라고 생각했어요.

누나들이 고양이를 오래 키웠어요. 제가 직접 키운 건 아니고.

—개와 고양이 중에서 어느 쪽을 더 좋아하세요?

우리집에서는 개를 키우는 게, 잡아먹기 위한 거였어요. 어릴 적에 큰 개를 한 마리 키웠는데, 짖지를 못했어요. 저를 많이 따랐고, 저도 아주 좋아했는데, 어느 날 없어진 거예요. 아버지한 테 물으니 짖지도 못하는 개를 뭐하러 키웠겠느냐고. (웃음) 그 뒤로 제가 보신탕을 안 먹어요. 그런 집에서 자랐으니 개는 밖 에서 키워야 한다는 의식 같은 게 있죠. 그런데 고양이는 그런 게 없어요. 굳이 따진다면 고양이 쪽이 더 좋죠.

—지금 계신 곳이 아니라면 고양이를 키우실 의향이 있으신가요?

지금부터 고양이를 키우면 바로 독신으로 가는 건데. (웃음)

—인물에 대한 이야기를 해보고 싶어요. 우선 여성부터. 소설 속에는 세 명의 여성이 나오죠. 어머니, S, 그리고 R. 그런데 S의 경우 주인공을 가장 크게 지배하면서도 아주 멀리 떨어져 있고, 아련하게 그려지죠.

실제의 모델이 있었어요. 자카르타에 간 친구. 사귀는 관계는 아니었어요. 편지의 내용은 그애가 보내준 거예요. 이런 소설을 쓰고 있으니까 자카르타 풍경을 보내달라고 했죠.

—소설 속 어머니의 인물은 어디에서 얻으신 건가요? 훨씬 윗세대이신 데도 아주 능동적인 인물로 그려져 있습니다.

저희 어머니가 올해 고희세요. 그런데 그 당시에 마산여고를 나오셔서 하이힐을 신으시고, 코 수술도 하시고. (웃음) 아마도 어머니를 닮은 거겠죠.

—그럼 R은?

R은 완전히 허구의 인물이에요. 부산에서 바에 갔다가 잠시 스친 분.

—흥미로운 건 이런 겁니다. 주인공은 김유철씨의 한 세대 아랫사람이고, 이 주인공을 이끌어주는 인물들인 친부와 계부는 김유철씨의 한 세대 윗사람입니다. 이 간극이 생경했어요. 보통은 자신을 투영하게 될 텐데요.

저도 나와요. 고양이를 찾는 탐정이 저입니다. 주인공의 경우 모델이 된 사람이 따로 있었어요. 부악문원에서 생활을 하다보니, 선생님과는 나이차가 있고, 그 외의 사람들은 모두 동생이에요. 그 영향을 받았겠죠. 여자 인물들의 경우, 문원에는 여자가 없거든요, 당연히 제가 만났던 사람들을 끌어오게 되죠. 글을 쓸 당시 환경의 영향을 많이 받는 것 같아요.

—소설을 보면 시간에 관련된 퍼즐 같은 것이 반복되어 나옵니다. 아버지와 어머니가 다시 만날 때까지 감춰져 있는 구 개월, S와의 동거 기간, R과 약속을 잡은 날짜 같은 것 말이죠.

의도한 것은 아닌데, 오랫동안 추리소설을 쓰다보니까 자연스럽게 그런 구성이 나온 것 같아요.

—탐정으로 직접 등장하기도 하고요? (웃음)

소설 속의 인물을 제가 만나러 가는 거예요. 소설 쓰다보면 그런 소소한 재미가 있어요. 캐릭터를 만들 때 특히 그렇게 되는데, 어떤 사람을 만나다보면 처음의 이미지하고는 달라지잖아요? 점점 단점이 보이니까. 저는 그럴 때 그 사람의 첫인상만 소설에 써요. 그런 식으로 캐릭터를 만드니까 제 소설 속에는 나쁜 사람이 없어요. (웃음) 그게 단점이긴 해요.

3. 고독, 그리고 고독한 사람

잠시 쉬는 시간을 갖기로 했다. 그는 자리에 남고, 나는 바람을 쐬기 위해 잠시 밖으로 나왔다. 어떤 이야기를 해야 할지 가늠해봤다. 살아온 이력과 소설에 대한 이야기 이외에 남은 말은 무엇일까.

돌아와보니, 그는 자리에서 일어나 있었다. 다시 봐도 무척 키가 커 보이는 사람이었다. 주머니에 손을 찔러넣은 그의 뒷모습은, 그러니까……

그제야 아주 약간 저 남자에 대해 알 수 있었다.

—글 쓰는 것 외에 특별한 취미가 있으신가요?

예전에는 많았는데 본격적으로 글을 쓰면서부터는 그냥 글을 쓰는 재미에 빠진 거 같아요. 이거 쓰고 나면, 저거 써야지. 쓸 것들이 많아서.

—우와! (웃음)

시간이라는 게 생각보다 그리 많지가 않아요. 저도 이제 마흔인데 앞으로 글을 쓸 수 있는 시간이 얼마나 남았을까, 쓸 수 있을 때 많이 쓰자, 싶어요. 어떤 사람들은 자꾸 쓰면 금방 도태된다고 그러는데, 저는 반대로 생각해요. 땅도 계속 파야만 물이 나오죠.

─그렇군요.

그외에는, 자전거. 문원에 조그마한 자전거가 있어요. 그거 타고 시골길을 천천히 도는 거죠. 그러면, 시골이니까 개들이 많잖아요, 제가 지나가면 개들이 막 짖으면서 따라와요. 그러면 다시 되돌아서 가고. (웃음) 왔다갔다하면서 개들하고 놀다가, 뭐 그러죠. 그리고 또, 줄넘기.

─줄넘기? (폭소) 몇개를 어떻게 하시나요?

음, 제가 권투를 좀 했었어요.

─(자세를 바로잡으며) 아, 예.

권투를 하면 좋은 게, 저는 스파링을 많이 했었거든요. 링 안에서의 그 공포, 그거 경험 한번 해보세요. 도망갈 데가 없거든요.

─공포라……

내 앞에 나보다 훨씬 경력이 오래되고 주먹도 훨씬 센 사람이 있는 거죠. 그때 공이 땡 울리면 얼마나 무서운지 아세요? 그런데 실제로 몇 회전 뛰게 되면, 많이 맞아도 그저 무서운 게 아니라, 용기가 생겨요. 한 회전 끝내고 살아 돌아오는, 그런 것. 그런 면에서 권투가 매력이 있어요. 진짜 막 치고 받는 건 아니거든요. 스파링 때는 헤드기어 쓰고, 글러브도 큰 걸 끼고, 실제 경기처럼 하는 것도 아니에요. 툭툭 치면서 서로 조율을 해서 연습하는 거죠.

그렇지만 공포는 있죠. 그 공포를 느끼고, 공포 뒤에 오는 희열을 느끼고. 직접 부딪쳐보면 뭔가 극복할 수 있는 것들이 있어요.

─극복이란 건, 뭔가 이겨낸다는 건가요?

이기는 건 아니죠. 일방적으로 맞는 건데, 몇 대 맞아보면 별거 아니구나, 하는 생각이 들어요. 그리고 상대방도 신이 아닌 이상 제 주먹을 몇 대 맞거든요. 그때의 희열 같은 것도 있어요. (웃음) 내가 상대 주먹을 백 번 맞아도, 한 번만 때리면 그걸로 풀리는 거예요.

소설도 마찬가지인 것 같아요. 여러 번 떨어지면, 그건 별로 기억에 안 남죠. 하지만 한번 당선되면 이게 오랫동안 기억에 남아서 용기를 주는 거 같아요. 그런 면에서 스포츠나 소설이나 똑같다는 생각이 들어요. 링에서 싸울 때 항상 이길 순 없는 거니까.

─소설에서 결국 주인공 곁에는 아무도 남지 않게 됩니다.

어차피 인생이란 건 나이가 들면 고독감을 느끼게 돼요. 아마도 이 친구는 그후로도 연애에 실패를 하거나, 직장을 구하면서 어려움을 느끼겠죠. 하지만 지금까지와는 다르게 흔들림은 많이 없어질 거예요. 이건 제 경험이 투영된 것이기도 해요. 제가 대학교에 입학한 나이가 스물일곱 살이었어요. 주인공과 같은 또래죠. 그런데 제가 대학에 들어갔을 때 시작된 생활은 이전의 생활과는 확실히 달랐어요. 그때의 기억이 많이 들어간 것 같아요.

　—아버지들에 대한 이야기를 해야 할 것 같네요. 계부와 친부가 있는데 둘 다 아주 신사적인 사람들입니다. 두 사람 모두 주인공에게 직접 말을 걸지 않아요. 그저 네가 직접 가서 보라고 할 뿐인데요.

　기다려주는 거죠. 고등학교 삼학년 때에 처음으로 사회를 겪으면서 힘들었지만 아름답고 뭉클했던 장면들이 많아요. 그런 이야기를 쓰고 싶었어요. 예전엔 안 그랬는데, 책을 읽으면서 달라졌어요. 좋은 현상은 아닌 것 같아요. 있는 그대로 보여주는 것이 아니라 미화를 시키는 거죠. 아마 저 자신이 인간관계에서 실망한 부분이 많다는 것일 수도 있겠죠.

　—실례가 되는 이야기일지 모르겠는데, 굉장히 외롭게 살아오신 것 같아요.

　그건, 음…… 이야기를 나눌 사람이 없었어요. 나 혼자 오래 있었거든요. 그때는 개하고 이야기했었어요. (웃음)

　—(웃음) 주로 어떤 이야기를 하셨나요?

　밥 먹었나? 이런 이야기. (웃음) 가끔씩 아는 사람들 만나면 수다가 많아져요.

—그렇게 아는 분들과 수다를 나누시다가 돌아가면 혼자 글을 쓰시고요.

　　안다는 것도 깊이가 있는 건 아니죠. 단순하게 글 쓰면서 만나는 관계죠. 그런 관계일수록 서로 상처를 안 받거든요. 그런데 조금 더 깊어지면, 애증이 생겨서 안 좋더라고요. 어느 정도 거리를 두는 편이 좋은 거 같아요. 나이가 들면서 그런 면이 생기는 것 같아요.

　　—이제는 그냥 외로운 걸 받아들이기로 하신 건가요?

　　작년부터 외로움이 많이 없어지게 된 것 같아요.

　　—특별한 계기가 있으셨나요?

　　호르몬의 문제인 것 같기도 하고. (폭소)

　　—약으로 치료해야 하는 문제 아닌가요? (웃음)

　　(웃음) 좀 별개의 이야기일지 모르는데, 예전에 친구가 결혼식을 파주출판단지에서 한 적이 있었어요. 그때 결혼식이 끝나고 나서 이 근처를 혼자 걸었거든요. 그때도 저는 글을 쓰고 있었지만, 이곳은 전혀 다른 세상 같았어요. 그런데 시간이 지난 후에 제가 이곳에 앉아 인터뷰를 하고 있다는 게, 정말 보람이지 싶어요. 2002년도에 상을 탔을 때, 모 선생님께서 그런 말씀을 하셨어요. 이렇게 한 달 축제하고, 십 년은 고생해야 할 거라고. 그게 글쟁이라고. 근데 그 말씀이 맞는 거 같아요.

　　—그래도 지금까지 계속하셨잖아요. 대단한 거죠.

앞으로 이십 년은 더 하고 싶어요. 저는 어차피 가난하게 태어났고, 가난하게 살아왔기 때문에 익숙한 거죠. 화려한 곳에 가면 오히려 거북스러워요. 골방이더라도 조그마한 방이 있고, 거기서 글을 쓸 수 있다면 좋은 거예요. 제가 잘할 수 있는 게 글쓰기이고, 글 쓸 때가 제일 가치가 있다고 느껴지고, 글을 쓰면서 제가 많이 변하고 있기 때문에, 앞으로도 제가 쓸 수 있을 때까지는 계속 쓰고 싶죠.

몇 가지 잡담을 나눈 후에 인터뷰가 끝났다. 그는 사진을 더 찍기 위해 남았고, 나는 일찍 자리를 떴다.

밖은 여전히 흐렸지만, 간간이 구름이 비껴간 곳으로 햇살이 비치고 있었다. 생각하기에 따라선 좋은 날씨였다. 약간은 흐리고, 약간은 햇살이 비치는, 바람이 불지만, 그다지 춥지 않은, 따뜻해지는 도중의 어느 날.
저절로 여러 가지 생각이 떠올랐다. 처음 본 사람에게서 아주 많은 이야기를 들었기 때문이다. 그 수많은 말들을 모두 적을 순 없었다. 고생스러워서가 아니라, 오해가 생길 것 같아서.
집에 돌아와 녹음된 그의 목소리를 다시 들었다. 스피커 너머에는 자신의 이야기를 털어놓는 덩치 큰 남자가 있었다. 시시한 농담을 늘어놓는 내게, 그는 수줍게 말하고, 무심한 척 능청을 떨거나, 빠르게 목소리를 높였다.

　돌이켜보면 어쩜 나는 이 진지한 남자를 짓궂게 괴롭히기만
한 것일지도 모르겠다.

　만일 누군가 나에게 그에 대해 묻는다면, 나는 이렇게 대답할
것이다.

　실패를 두려워하지 않는 사람. 백 번을 맞아도 한 번은 때리
는 사람. 항상 이길 수 없다는 것을 아는 사람. 힘들고 괴로운
일을 참는 사람. 고통을 알고, 고통을 참는 사람. 그럼에도 불구
하고, 끝까지 해보는 사람.

　집을 나온 덩치 큰 고양이처럼,
　아주 고독한 사람.

190

문학동네 장편소설
사라다 햄버튼의 겨울
ⓒ 김유철 2010

1판 1쇄 | 2010년 10월 18일
1판 3쇄 | 2013년 1월 21일

지은이 김유철
펴낸이 강병선
책임편집 박지영 | 편집 이경록 최유미 조연주 | 디자인 엄혜리 유현아
마케팅 신정민 서유경 정소영 강병주 | 온라인 마케팅 김희숙 김상만 이원주 한수진
제작 서동관 김애진 임현식 | 제작처 영신사

펴낸곳 (주)문학동네
출판등록 1993년 10월 22일 제406-2003-000045호
주소 413-756 경기도 파주시 문발동 파주출판도시 513-8
전자우편 editor@munhak.com | 대표전화 031)955-8888 | 팩스 031)955-8855
문의전화 031) 955-8890(마케팅) 031) 955-8864(편집)
문학동네카페 http://cafe.naver.com/mhdn

ISBN 978-89-546-1286-9 03810
www.munhak.com

한국문학을 이끌어가는 힘! **문학동네 소설상 수상작**

제1회 새의 선물 은희경

대형 신인의 포문을 연 한국문학의 대표작가 은희경의 탁월한 역량이 유감없이 발휘된 수작. 일상 속에 숨겨진 허위와 생에 대한 가차없는 시선, 시종 웃음을 자아내는 해학적 문체와 치밀한 심리묘사가 돋보인다.

* 책이랑 선정 좋은 청소년 책
* 전문가가 뽑은 90년대 책 100선

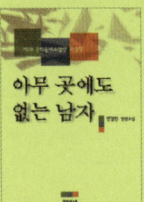

제2회 아무 곳에도 없는 남자 전경린

읽는 이를 저 두려운 낯섦 속에 빠뜨리고, 뜨거운 정염의 불길로 서슴없이 충격을 가하는 귀기의 작가 전경린의 첫 장편소설. '심장에서 그대로 튀어나온 소설'이라는 평가를 받은 화제의 작품으로, 시종 흐트러지지 않는 호흡과 강렬한 문체가 읽는 이를 사로잡는다.

제3회 예언의 도시 윤애순

혁명과 사랑, 음모와 배반이 뒤엉킨 장대한 비극적 대서사시. 힘있는 주제의식과 뛰어난 서사성을 구비하고 있는 작품으로, 다양한 등장인물의 욕망과 관능의 에너지가 원색적인 아름다움과 비의적 색채 속에 녹아들어 있다.

제5회 숲의 왕 김영래

신화적인 관점에서 '인간'을 복원하고 있는 소설. 자연의 생명력을 묘사하는 시적인 문장은 충격적인 아름다움을 느끼게 하며 인간의 삶에 관한 통찰력은 잠언과 경구의 깊이로 다가온다. 신성한 자연의 음성을 들려주는 듯한 이 소설은 가히 우리 소설의 충격이다.

제8회 그녀는 조용히 살고 있다 이해경

거침없는 구어체 문장, '오해의 연속'으로 이어지는 줄거리, 냉소와 조롱의 언어를 통해 좌충우돌 갈팡질팡의 횡보로 끙끙대는 21세기의 소설가 지망생을 그려나간다. "쓴웃음과 함께 가슴 찡한 아픔을 자아내는" 풍경이다.

제10회 고래 천명관

소설에 대한 기존의 상식을 보기 좋게 훌쩍 비켜서는, 놀랄 만한 다채로움과 독특한 개성을 지니고 있다. 낯섦과 기이함, 동시에 상당한 당혹스러움과 저항감을 안겨주며 시작되는 이 소설은 이야기가 진행될수록 굉장한 흡인력을 발산하면서 결말까지 숨가쁘게 몰입하게 만든다.

* 한국간행물윤리위원회 선정 청소년 권장도서 * 한국문화예술위원회 선정 우수문학도서
* 한국출판인회의 선정 이달의 책

제11회 수상한 식모들 박진규

질주하는, 전복적인, 쾌활한 상상!
그들의 보복은 비장미가 없는 대신 유쾌했고, 폭력적이지 않았지만 잔혹했다. 그리고 모두 여성으로 이루어져 있었다. 그녀들의 집단을 우리는 '수상한 식모'라고 부른다.

＊ 한국문화예술위원회 선정 우수문학도서

제12회 캐비닛 김언수

최초로 심사위원 만장일치를 이끌어내며 '괴물' 같은 작가의 출현을 알린 화제작. 172일을 잠만 자는 토포러, 인생에서 며칠씩 시간을 잃어버리는 타임스키퍼, 남녀 성기가 한 몸에 있어 자가수정이 가능한 네오헤르마프로디토스……상상불가의 변종들을 탄탄한 필력과 능청스런 입담으로 풀어놓는다.

＊ 2007 문화관광부 교양도

제13회 달을 먹다 김진규

이해와 오해, 사랑과 사랑 아닌 것의 미묘한 간극이 불러온 치명적인 로맨스!
영정조시대를 배경으로 엄격한 법도와 완강한 신분질서가 작동하던 그 시절, 사랑에 죽고 사는, 금지된 사랑에 눈멀어 위험한 죽음충동에 몸을 맡기는 인간군상의 모습을 그려 보인다.

＊ 한국문화예술위원회 선정 우수문학도서

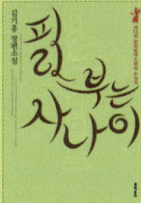

제15회 피리 부는 사나이 김기홍

"이 소설은 젊다."
엇갈리는 청춘의 사랑, 컴컴하고 단단한 알에서 깨어나게 하는 진하고 운명적인 우정, 정체 모를 사나이의 피리 소리를 뒤쫓아가는 진실조각 맞추기! 피리소리를 따라 진실을 찾아가는 이 매혹적인 성장소설의 부름에 독자들은 기꺼이 뒤를 따를 것이다.

제17회 귀를 기울이면 조남주

'여기 없는 소리'를 듣는 아이, 바보아이 김일우의 휴먼다큐 〈더 챔피언〉 비하인드 스토리! 속물적 욕망에 길들어 몸살을 앓는 세계, 그 속에서 펼쳐지는 소시민들의 이 따뜻하고 현실적인 비극은 현대인이라면 오장육부처럼 달고 다니는 소외와 고독, 존재의 불안을 침울하지 않게, 발랄하게 보여준다.

제18회 체인지킹의 후예 이영훈

현실세계의 직접적인 질감보다는 가상세계의 정교함을 믿으며 희망보다 쉽게 절망을 인정하는 세대. 그 '체인지킹'의 후예가 바로 우리의 젊은 세대라는 사실을 통렬하게 지적하는 소설. 그러나 단지 그뿐인가? 그렇다면 살아갈 방법을 제대로 배운 적 없는 세대는 어떻게 어른이 되는가? 이영훈은 '특촬물'이라는 생소한 제재를 통해 그들만의 성장 방식을 강렬하게 드러낸다.